中国文化报社 ——

编著

中国旅游出版社

文心集

编者的话

"文心兹焉重，俗尚安能珍。"文心，既是指为文之用心，即作者在创作文章时所投入的心思、情感和智慧，体现了作者对文字的敬重与热爱，以及为创作优秀作品而付出的努力；也象征着文章的灵魂和精髓，是作者思想、情感和智慧的结晶，彰显了在文学创作、艺术表现以及文艺观察等方面的敏锐洞察和深刻体悟。2024 年 4 月，中国文化报社正式成为第 19 家中央主要新闻单位。以此为契机，《中国文化报》通过内容、机制、平台等方面的创新，持续激发创造活力，不断实现高质量发展，从而也涌现出诸多富有生命力、感染力和艺术性的优质作品。编者特从 2024 年度以来刊发在《中国文化报》上的优秀文艺作品中精选 40 篇，分为"岁月如歌""灯下漫笔""人在旅途""心香一瓣"四辑奉献给读者。它们由"写名家"和"名家写"两条暗线串联在一起，其中，"岁月如歌"

主要是《中国文化报》记者对文艺名家的访谈和记叙；
"灯下漫笔"主要是文艺名家对文化和创作的思考；"人
在旅途"主要是知名作家的游览纪文；"心香一瓣"则以
散文和诗歌的形式记录着文艺名家在生活中的情感体验。
希望这些凝聚着"文心"的作品，能够给读者朋友带来
一些温暖与启迪。

编者的话

扫一扫　查看视频版

第一辑 岁月如歌

第二辑　灯下漫笔

第三辑　人在旅途

第四辑　心香一瓣

第一辑

岁月如歌

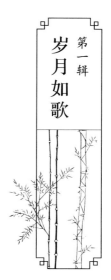

①

浩淼心如海　身舟自在浮

——访"人民艺术家"王蒙

在阳光灿烂、碧浪黄沙的北戴河之夏，著名作家、原文化部部长、"人民艺术家"国家荣誉称号获得者王蒙先生接受了本报记者的专访。

交谈是从聊王蒙先生的新著《传统文化与中国式现代化》开始的。这本书以中国式现代化为什么要赓续传统为视角，从习近平总书记对中华文明五个突出特性的重要论述谈起，表达了对中华文明与中国式现代化等重大命题的思考与见解。

一

感叹岁月变迁，脑海里很自然地浮现出王蒙为长篇小说《青春万岁》所写的序诗："所有的日子，所有的日子都来吧，让我编织你们，用青春的金线，和幸福的璎珞，编织你们……"

记者向王蒙展示了本报最近出版的长城、非遗主题长卷，还带了一张本报 1987 年第 1 期的复印件，头条文章报道的正是王蒙的文化见解。

站在 2024 年的今天，蓦然回首，中间相隔的已经是将近四十载的漫漫流年了。

感叹岁月变迁，脑海里很自然地浮现出王蒙为长篇小说《青春万岁》所写的序诗："所有的日子，所有的日子都来吧，让我编织你们，用青春的金线，和幸福的璎珞，编织你们……"这首写于 20 世纪 50 年代初期的著名诗篇，至今读来，依然有着一种热气腾腾、劲头满满的感觉。

"我小时候接触诗词是很早的。"王蒙说，"目前，收录我的作品最全、最新的书，是 2023 年出版的 61 卷的《王蒙创作 70 年全稿》。这里边创作最早的作品是我不到 11 岁时写的一首绝句，名字叫《题画马》：'千里追风孰可匹，长途跋涉不觉劳。只因伯乐无从觅，化作神龙上九霄。'当时我上小学，想学画画，可画得不怎么好，画出来的马，怎么看怎么像老鼠，我觉得自己的画笔'请'不来马了，于是就写了这么一首诗。其实这诗是学大人说话，伯乐到底怎么回事，当时我也不十分明白，但我知道千里马需要伯乐，遇不到伯乐，千里马就不想在地面上待，就变成神龙飞走了。"

王蒙既写旧体诗，也写新诗。他认为两种诗体没有什么矛盾，也没有体裁的高下之分。但就个人习惯而言，写旧体诗时往往是处于相对闲适的状况下，作为某段时间或者某个地点、某种心情的记录，像写日记一样；而写新诗时，可能会带有更多抒情的、艺术表现的成分。他说："从《青春万岁》序诗来说，确实是出于一种激情。写这首诗时，我的感觉就是使我青少年时期感动的那些日子，重新来到了眼前，'让我编织你们'。这里的'编织'，指的就是用小说写作的方式，对刚刚过去日子的'编织'。"

王蒙说："有些内容非常适合用新诗表现，我就采用新诗的形式。类似'你的呼唤使我低下头来，就这样等待着须发变白'；当然也有些内容适合用旧体诗来表达，更加凝练。比如，1994 年写的《秋兴》里头有句'促织唧唧天渐清，盛夏未已已秋风'，夏天你要在北戴河待着，感觉就特别明显——7 月底、8 月初正是最热的时候，但其实 8 月初一般就立秋了，当风刮过来时，你能感觉到夏天快要过去了。这里也有一种对时间、对岁月的感慨。还有一些说笑话的，对人生的一种打油、自嘲用旧体诗更容易表现——'君在江湖中，君栖盘碗里。缘机略有别，都是萨其米。独游非寂寞，佐酒亦辉煌。随遇成滋味，何必费葱姜？高洁宜冷拌，富贵赖红烧。岂敢充名菜，莫如海上飘'。好玩吧？"

二

"第一，大家都喜欢诗词，人人都背诗词，养成了中国心；第二，大家都爱吃中餐，养成了中国腹。有了心腹之恋，是不会忘记中国的。"

作为最能体现中国古典文学魅力与韵味的一种文学形式，诗词一直是中国人精神文化的重要组成部分。王蒙随口引用了孔子的两段名言"不学诗，无以言""诗，可以兴，可以观，可以群，可以怨。迩之事父，远之事君。多识于鸟兽草木之名"借以说明诗词在华语世界中广泛的群众基础和重要的传承价值。他回忆，1993 年，在美国纽约华美协进社的一次对谈中，自己在回答"为什么相比其他国家，中国人总是显得更加爱国"的提问时，半开玩笑地说："第一，大家都喜欢诗词，人人都背诗词，养成了中国心；第二，大家都爱吃中餐，养成了中国腹。有了心腹之恋，是不会忘记中国的。"

记者问王蒙喜欢什么样的诗人和诗作。他表示，古今中外"有太多"。像曹操的"东临碣石，以观沧海"，古诗里的"唐棣之华，偏其反而。岂不尔思？室是远而"

等，都很动人。还有一些古乐府诗。他说，自己特别喜欢记诗，寂寞时背诵少年时候便已能默诵的李白、李商隐、白居易、元稹、孟浩然、苏东坡、辛弃疾、温庭筠等人的诗。他也很喜欢与自己同时代的邵燕祥，新疆少数民族诗人铁依甫江、克里木·霍加等人的诗。

谈起有的评论家曾经论证他的旧体诗中深潜着"李商隐情结"。对此，王蒙说："我是比较迷李商隐的，因为李商隐的有些诗，重点不在于本事，而在于一种弥漫的诗情。这个诗情，你用来解释什么都行。比如，他的'沧海月明珠有泪，蓝田日暖玉生烟'，不需要非得解释是用来悼亡妻，还是说曾经在谁家里头认识的一个叫锦瑟的婢女不可。这都没有关系，关键在于这里面的情绪。人人都有感到迷茫的时候，高考落榜了，可以念这两句诗；被自己喜欢的人给甩了，也可以念这两句诗。"

随后，王蒙背诵了李商隐一首七律中的几句诗："昨夜星辰昨夜风，画楼西畔桂堂东。身无彩凤双飞翼，心有灵犀一点通……"他说："一般的评论家高度欣赏的是这首诗的额联，也就是第三句、第四句，对得非常好，而且特别有感情。但更让我入迷的是'昨夜星辰昨夜风'，这一上来就把你镇住了。而且我立刻就联想到英国披头士乐队的约翰·列侬，他唱过一首很有名的歌叫《Yesterday》（昨天）。歌词大意是，昨天我和她在一起，我不知道哪句话说错了，然后她就不辞而别了，我只好静静等待昨天。所以我发现，'昨天'这个概念在诗词里太重要了、太有魅力了。昨天的魅力在于像今天一样亲近，像前生一样再不复返。李商隐和约翰·列侬，虽然他们所处年代不同，语言也不同，但我觉得他们的作品中都有对昨天的那种留恋。昨天已经过去，昨天回不来，但是昨天又刚刚过去，那杯茶水还没凉呢，这，就是'昨天'。"

三

《青春万岁》是一部反映新中国成立初期中学生热烈拥抱新生活的作品。如此具有浓郁时代色彩的中国故事依然能够唤起今日国外读者的共鸣，彰显了跨文化经典作品的文本力量和思想魅力。

王蒙说："国外的一些诗歌，我也很喜欢。比如，普希金的诗，我们太容易接受了，'假如生活欺骗了你'几乎人人都知道；雪莱的'冬天来了，春天还会远吗'也非常有名。另外，在读现当代新诗时，常常会联想到各种旧诗甚至外国诗；读英文诗等外国诗时，同样也可以联想到我们《诗经》上的诗，因为诗中所表达的人的内心体验是共通的。再比如，曹操的《观沧海》中'日月之行，若出其中'、《短歌行》中'月明星稀，乌鹊南飞'，这种意境和感觉在什么体裁、什么语言的诗里都可以感受到。甚至我们俗话里的一些句子，翻译成英语后也让人觉得特别美，比如'不在乎天长地久，只在乎曾经拥有'，用英语表述出来就非常有意思。"

王蒙说，世界上有很多美好的诗句，如果掌握一些相关的语言，在阅读感觉上就又会领悟到一番不一样的滋味。"有位著名的波斯诗人欧玛尔·海亚姆，他的很多诗写得非常漂亮。他有一本《鲁拜集》，鲁拜是一种诗体，现在一般翻译成'柔巴依'，其中有一首诗，我是这样翻译的：'我们是世界的期待和果实，我们是智慧之眼的黑眸子。如果把偌大的宇宙看成一个指环，我们就是镶在上头的那块宝石。'"

王蒙的文学创作类型十分丰富，小说、散文、杂文、评论、新诗、旧体诗等均成就卓著。记者笑言："想不起什么体裁是您没写过的。"老先生也笑着透露了自己创作生涯中的一些失败"秘辛"："我比较失败的创作有两样，一个是写过剧本，后来就没什么动静了。我还写过相声，也失败了。当时我投给一家专业杂志，人家过了 10 天就退给我了，说您这个相声我们这儿就不发表了，也没解释，也没对我进行'鼓励'和'引导'——现在接受你们《文化报》的采访，看我这儿也挺像在说单口相声似的。"

这样的幽默感贯穿此次采访始终，也让人看到这位勤于思考、笔耕不辍的"人民艺术家"敏锐的观察力和蓬勃的创作活力。70多年来，王蒙不断有力作问世。从早期的《青春万岁》《组织部来了个年轻人》到后来的《这边风景》等，他的作品在质和量上一直被读者称道和赞叹。近日，长篇小说《青春万岁》日文版由日本学者堤一直和贵州民族大学外国语学院教授李海共同翻译完成，并由日本潮出版社出版发行。《青春万岁》曾入选新中国70年70部长篇小说典藏，是一部反映中华人民共和国成立初期中学生热烈拥抱新生活的作品。如此具有浓郁时代色彩的中国故事依然能够唤起今日国外读者的共鸣，彰显了跨文化经典作品的文本力量和思想魅力。王蒙在采访中提起其他当代作家的作品在国际上的传播，并对近年来一些作品在国外产生的巨大影响表示赞赏。王蒙在专访中深情寄语，祝愿更多中国文学作品能够更好地走出去。

四

我们要激活经典与理论，要优化对文化传统的解读，就必须努力联系当下、联系实际。

如何在新时代传承好、发扬好我们的文化传统？王蒙认为："文化传统的载体是宝贵的人类历史文化遗产。我国的长城、京杭大运河、兵马俑、三星堆、马王堆、故宫等遗迹、文物以及汗牛充栋的典籍等，博大精深、无与伦比。同样宝贵或者说更值得重视的传统，还'活'在我们的人民、乡土和生活方式之中，例如，对于劝善、劝学、勤劳、孝悌、仁义等观念的宣扬，对于重视家庭、教育、修齐治平等的期待追求，存在于各种俚语、成语或地方曲艺的唱词中。传统文化活在我们的语言、书信、习惯、思维里，'活'在我们的生活和灵魂里。"

他说："回望历史，国人特别是知识界对文化传统的认识有一个曲折的过程。有辜鸿铭天真执拗的'赤子之心和成人之思，过着心灵生活'之中国精神论，有魏源的'师夷之长技以制夷'，还有张之洞的'中学为体，西学为用'，后来又出现了鲁迅的'拿来主义'与胡适的'事事不如人'……当然，还有毛泽东的'十月革命一声炮响，给中国送来了马克思列宁主义'。"

"我们经过新民主主义革命、社会主义革命与社会主义建设、改革开放和社会主义现代化建设，中国特色社会主义进入新时代，于是有了'中国梦''文化自信''两个结合''中国式现代化'……正是中国人民的生活与奋斗，承载着中华文明与中国文化传统。中国翻天覆地的发展变化，则显示着中华文明与中国文化的新生力量。谈传统、谈历史，是我们今天的'活'的传统的存在、转化、创新的体现。"王蒙认为，我们要激活经典与理论，要优化对文化传统的解读，就必须努力联系当下、联系实际。

五

习近平总书记关于中华文明五个突出特性的宣示意义深远，是对中国当今的道路、理论、制度与文化选择的追根溯源与深度阐释，是中国式现代化的文化渊源与驱动力所在。

那么，中华文明的特性是什么呢？

2023 年 6 月 2 日，习近平总书记在文化传承发展座谈会上指出中华文明的五个突出特性，深刻阐述了"两个结合"的重大意义，提出"担负起新的文化使命"的时代命题。

王蒙表示，习近平总书记关于中华文明五个突出特性的宣示意义深远，是对中华优秀传统文化的总结与概括，是对博大精深、源远流长的中华文化的现代性的优化理解与把握，也是对中国当今的道路、理论、制度与文化选择的追根溯源与深度阐释，是中国式现代化的文化渊源与驱动力所在。

王蒙阐述了自己对五个突出特性的理解。

关于连续性，他说，连续不是停滞，也不是一帆风顺。饱经忧患的中华文明能够绵延不断，说明了其伟大而顽强的生命力。从愚公移山、精卫填海、刑天舞干戚等的奋斗精神，到20世纪中国共产党人的二万五千里长征精神等，罕有其匹。同时，文化有内在的稳定性、恒久性，又有与时俱化的活性与因应性。这样的连续性使中华文明生生不息、自成体系，屹立于世界文明之林。

创造性与包容性是连续性与统一性的根基，是文化生命力与选择空间的渊源，是"苟日新、日日新、又日新"和改革开放的驱动力。创造性离不开中华泱泱大国的多样性与丰富性，也来自中华优秀传统文化的实践性、经世致用性、知行合一性。比如，东周时期的诸子百家，相悖相通互补，特别是以老子、庄子为代表的古老中国相反相成的辩证思维，给予中华文明"郁郁乎文哉"以优越的凝聚力、吸引力、文明的说服力和与时俱进的开拓意识。创造性和包容性还来自儒家的劝学精神，如"学而时习之""见贤思齐焉，见不贤而内自省也""三人行，必有我师焉""十室之邑，必有忠信"等。

统一性表明中华优秀传统文化的整体性与凝聚力。文化与文明的统一，包含了权力、治理与道德文化的统一，中华民族多元一体的格局，知与行的统一，三观与信仰的统一，天地、大道、人文与自然的统一等。和平性则是构建现代中华文明的主题。我们的传统是"为政以德"，是"道之以政，齐之以刑，民免而无耻。道之以德，齐之以礼，有耻且格"。我们面对世界变局的合作共赢主张与共建"一带一路"倡议，可以追溯到"己所不欲，勿施于人""己欲立而立人，己欲达而达人""各美其美，美美与共"的文明传统。

王蒙说，习近平总书记关于中华文明突出特性的宣示，揭示了我们对中华优秀传统文化进行创造性转化、创新性发展的方向，提高了我们对中华文明在当今人类命运共同体中的地位与使命的把握能力，提升了党在世界百年未有之大变局中高瞻远瞩、未雨绸缪的历史理解力与实践自信力。

六

对中华文明五个突出特性的弘扬，为人类与中国文明史提供了新的契机、新的可能性，也是对中国式现代化新的丰富、充实与发展。

王蒙认为，马克思主义的中国化、时代化是历史的必然。关于马克思主义与中国具体实际相结合的思想、马克思主义与中华优秀传统文化相结合的思想，使中国式现代化面貌一新，也使马克思主义理论面貌一新，并使中华文化得以更好地实现创造性转化、创新性发展。

习近平总书记在文化传承发展座谈会上指出："中国

式现代化赋予中华文明以现代力量，中华文明赋予中国式现代化以深厚底蕴。"党的二十届三中全会指出，中国式现代化是物质文明和精神文明相协调的现代化。

对于物质文明和精神文明相协调的现代化，王蒙表示，中华文明与中国式现代化的接轨是一个很大的理论命题。全体人民共同富裕的现代化，就是社会主义的现代化，也是中国古代"老吾老以及人之老，幼吾幼以及人之幼"的政治理想、社会理想的体现。对物质文明和精神文明相协调的追求，也展现了中国自古以来重仁义、重道德的传统。

"对中华文明五个突出特性的弘扬，为人类与中国文明史提供了新的契机、新的可能性，也是对中国式现代化新的丰富、充实与发展。"他说，"同时，也希望经由文明间的对话，让世界更加理解中华文明的思路与特色，希望中华文明更自信也更智慧地对待世界的麻烦，出现更多惠利于人类命运共同体的中国智慧与中国方案。"

七

心中不由得回响起王蒙先生的两句诗"浩淼心如海，身舟自在浮"，果然是一种大境界、大自在……

王蒙先生坦率真挚，侃侃而谈。时间很快就从身边溜走了。尽管没听够，但是担心先生太累，我们还是依依不舍地道别了。此行近距离地感受到先生的才思和学问，也感受到先生对《中国文化报》的一份特别的关爱之情。临别时，先生还多次亲切问起报社几位老同志的近况。

出中国作家协会北戴河创作之家不远，就是涛飞浪卷的辽阔海洋。沙滩徐行，凭海临风，心中不由得回响起王蒙先生的两句诗"浩淼心如海，身舟自在浮"，果然是一种大境界、大自在！

我们离开数日后，收到王蒙先生发来图片"报喜"：90 岁的先生步行锻炼，当天居然走了 6790 步，在微信运动群里排名第 47 名。想象着先生自信自豪的乐观神情，我们不由赞叹：壮心不已的老先生，真是永远的青春万岁啊！

（作者：高昌　陈璐　谭繁鑫）

② 我现在才是九十九岁半

—— 近访诗人贺敬之

6月8日下午，我和友人按照事先的约定，去北京木樨地居所看望期颐之年的著名诗人贺敬之。

老诗人已经端坐在客厅等候了，他淡定地微笑着，醇和平静，让人感受到亲切和温煦。他在谈话时专注地注视着客人，眼神里有沧桑，也依然闪耀着青春的光。

"几回回梦里回延安，双手搂定宝塔山。千声万声呼唤你——母亲延安就在这里！"贺敬之是一位"老延安"，他说："我是吃延安的小米、喝延河水成长起来的。"我们的话题也随着飞扬的思绪，仿佛是"身长翅膀脚生云"一样，首先回到20世纪40年代的延安，回到鲁艺那些滚烫而美好的时光。

　　1942年5月，毛泽东发表《在延安文艺座谈会上的讲话》后不久，又来到桥儿沟的鲁艺，作了一次关于文艺工作的演讲。贺老深情回忆起当时的情景："鲁艺不是有个天主教堂吗？教堂后头有几排平房，是教室和办公室。毛主席是骑着马来的，他先到后边的平房去见鲁艺的负责同志，周扬等同志在那里接待他。现在有人写报道说我怎么样给他牵着马、怎么样'大呼一声'，这个是不准确的。我当时是从不远处看见他到鲁艺来了，很兴奋，就急忙从另一个方向奔回文学系的窑洞，告诉同学们这个消息。"

　　我接话道："我到延安鲁艺旧址参观过，见过那个天主教堂。毛主席当年在鲁艺的演讲，就是在教堂前的广场上举行的吗？"

　　贺老说："那时没有什么广场，只是在教室旁边有一个操场，就是打篮球的操场。当时条件简陋，在篮球架子底下摆上了一个小桌，主席就在桌前讲话。"贺老略停顿了一下，继续回忆说："鲁艺师生集合起来以后，主席就开始演讲。他身穿带补丁的旧军装，脚穿与战士一样的布鞋。我在会场倒是离他最近，因为我们是排着队去的，我那时才十七八岁，是文学系年龄最小的学生，个子也是最小的，所以排在队伍前面，听讲话也就坐在第一排的小马扎上，就在主席讲话的桌子腿下面，看得清楚，听得也清楚。主席讲话的内容，提到的大鲁艺和小鲁艺、土包子和洋包子等问题，我后来在跟一些同志回忆时，都能讲出来。这件事情，我记在心里，永远不会忘记。"

贺敬之一生用笔为人民歌唱，写下了许多名作。不过，我发现在贺老后期的创作中，有几十年的时间不怎么写新诗了，而是汲取古典诗歌的营养，改为写作一种"新古体诗"。我就此向贺老提问，为何后来看不到他的新诗作品了。贺老笑了，他说："我已经很久不写作品了。在我'不写'以前，写得多的确实就是'新古体诗'，算起来应该也有上百首了，发表在一些媒体上，也结成了集子。倒是有很多人转发，也有人写文章表示支持。对这些新古体诗表示理解、进行关注和发表议论的读者也很多。至于新诗，1988年我从保加利亚访问回来，写了一首《啄破》，当时发表在《光明日报》，现在还有人引用。从那以后我就不大写新诗了，基本上没有再用这一类'楼梯体'或'半楼梯体'的形式写作了。只有柯岩去世写的那首《小柯，你在哪里》，还是用的一种接近'楼梯体'的形式。说到我自己写的新诗，从用功夫、从思想感情、从写作的追求或者说得到的反响效果来讲，最重要的还是《雷锋之歌》。这首诗是1963年写的，已经过去很长时间了，现在还不断有人提起。我当年写作'楼梯体'的新诗，跟自己要抒发的情感是有紧密关系的，心里觉得要这样写，就这样写了。这些诗都是押韵的，还有排比和对仗，也是考虑到朗诵的因素。"

创作于 1963 年春天的抒情长诗《雷锋之歌》，发表在 1963 年 4 月 11 日的《中国青年报》上，以不可遏止的革命激情和鲜明生动的艺术形象感动了众多读者。现在重读这首名作，我也经常会想起诗人提出的那个庄重而严肃的哲学课题："人，应该怎样生？路，应该怎样行？"另外，我也很熟悉贺老提到的那首《啄破》，对这样两段诗句曾反复诵读：

> 我们的岁月，一秒沉醉已太久。
>
> 我们的大地，一声叹息已太多。
>
> 我们的爱——不是无人理解的"爱何"。
>
> 我们的期望——不是永远等不到的"戈多"。
>
> 啊，啄破，啄破，
>
> 鹏鸟长成要出壳。
>
> 飞吧，飞向人类的未来！
>
> 唱吧，唱这支属于你、他、我……
>
> 属于全人类的前进之歌
>
> 永恒之歌！

这诗句中充满热情的祝愿，也隐含一份深沉的忧思，展示了诗人对人类命运的深刻思考和美好期待。

谈到自己的生活近况，贺老说："我现在什么也不能写了，手抖，连写字都困难了。毕竟是年龄老了，现在我已经九十九岁半，快一百岁了，真是太老了。身上的零部件经常出些情况，前些时候还因为咽喉问题，到医院待了两个多月。现在眼睛倒是还能看点东西，不过顶多看半个钟头，就得休息了。视力差一点，但还可以用。主要是耳朵不行，助听器也不大管用，借助助听器，稍微能听到一点点声音。这个让我心里很难过。我是搞文艺的，文艺有舞蹈、歌唱、戏剧，声音听不清了，就等于聋人了。"

其实，借助助听器，贺老和我们交流很顺畅。有时我说话的语速快了些，通过工作人员的"翻译"，贺老立刻就能敏捷地反应过来。

谈话中，他对我写的一些文章进行了热情鼓励，还幽默地说："如果我没有记错，你是在《中国文化报》工作吧？"我说："是啊，还在做副刊和评论的编辑工作。"贺老说："我大半辈子有一个感觉，搞文艺工作，阵地问题很重要。不管大的小的阵地，字写上去了，用斧子砍也砍不掉，很顽强。我们要爱护文艺阵地。好多年前有一家报纸让我题词，我用和鲁迅有关的两个书名出了一副对联。这两本书一个是《二心集》，一个是《两地书》。我的对联是'文心民心二心集，园地阵地两地书'，也送给你吧。这里边有一个意思，就是现在的人们好像更喜欢'园地'，不喜欢'阵地'，因为'阵地'要有是非，有时候要发表评论、批评的东西，我说还是'两地书'好，光有'园地'没有'阵地'不好，光有'阵地'没有'园地'也不好。"

我记得贺老过去酒量很大，他还曾给我写过一个条幅，开头两句就是"半生长饮未深醉，纵有千喜与万悲"，在闲谈中我问贺老："您现在还能喝酒吗？"贺老说："原来我能喝一点儿酒。没有大醉过。所以我说'半生长饮未深醉'，写的就是真实感受。不过遵医嘱，抽烟喝酒，我已经停了不是几年、不是十几年，而是几十年了。"对一个性格豪放的人来说，从这份戒酒、戒烟的决心，也可以看出他的坚强毅力。

我请工作人员透露一些贺老作为长寿老人的日常生活情况，如作息时间、饭食口味、每天的读书时间等。工作人员介绍，贺老现在每天早上7点起床，7点半吃早饭，午饭是12点，吃饭时必看电视，主要看新闻、体育赛事等，午睡两个小时，晚饭在6点，晚上9点多睡觉，其中包括看书和看手机的时间。饮食以青菜、牛肉、鱼为主，少油少盐，再有就是吃水果、酸奶。他每天下楼锻炼，做手指操，到书房整理书籍、资料等，都非常有规律，生活非常自律。有时候看报纸发现有什么好文章、看电视发现有什么好戏和好节目，他都很高兴。

临别时，提起百岁诗人的话题，贺老表示感谢，并一脸郑重地再次强调："去年人们就说我百岁了，其实我如今还没全到，我现在才是九十九岁半啊。"看着他脸上那种孩子般的纯真表情，我想，老诗人的胸中，还是有着一颗不服老的心啊。

（作者：高昌）

3

我把两粒莲子，放在叶先生身旁

—— 送别叶嘉莹先生

11月30日上午10时，在天津市第一殡仪馆滨河厅送别叶嘉莹先生。

哀乐声中，叶先生的灵车被徐徐推入，安放在紫色雏菊和白色百合簇拥着的美丽莲形花台的中间。灵台的前面是由红玫瑰花瓣组成的巨大的心形图案。此时我胸中也如低回的哀乐，一样澎湃着，一样翻卷着，泛起深深的情感涟漪。主持人在哀伤地诵读告别词，我的心也随着她悲凉的声音，一起追忆那颗芬芳而热烈的诗心，一起追溯那纯净而淡泊的百年人生长路……

告别厅的正中悬挂着叶嘉莹先生的遗照。脸上还是带着大家熟悉的那种优雅温和的浅浅笑靥，眼睛里还是散发着那种温润净洁的淡淡光辉，身上也还是穿着大家在镜头里常见的那件蓝色衣服，外面罩着淡蓝色的披肩，披肩上是洁白的花朵图案。遗照上方，悬挂着"叶嘉莹先生安息"七个大字。自此以后，叶先生就魂归天国，回到杜甫、苏轼、李清照等诗人共同的诗情画境中去了。

我跟随主持人的声音给叶先生深深地三鞠躬，然后迈着沉重的脚步，随着吊唁人群慢慢向前走。走得近些，再近些，仔细凝视叶先生一眼。先生头戴棕色花帽，神情安然，静静沉睡。我也和大家一样，把紫色纱网包裹着的两粒莲子，郑重地放在叶先生左侧的百合丛中。

这两粒莲子，像是晶莹的泪珠，凝结着洁白的哀思；像是沉静的琥珀，闪耀着沧桑的豁达；也像是一串饱含深情的省略号，牵引着美丽的想象，蕴藏着悠长的情愫……一百年起承转合的淡雅人生，如同一首隽永通透的动人诗篇。这诗篇结尾的标点不是决绝的句号，而是一粒粒莲子组成的意味深长的省略号。"莲实有心应不死，人生易老梦偏痴。千春犹待发华滋。"这是叶嘉莹先生的词句。她说："我的莲花总会凋落，我要把莲子留下来。"小雪薄寒节气，南开大学马蹄湖畔的莲花想来已经凋落了。可是莲子在，芬芳就还在，丰盈就还在，明年还会有新的莲花悠然盛开。美丽的生命如一朵花开，又如一朵花谢。叶先生飘然而去了，留下的诗还在，光也还在。

叶先生身上盖着今年母亲节时女儿赵言慧送她的毯子，毯子上印着她的家人们的温馨照片。同样的毯子一共有三条，另外两条给了叶先生喜爱的曾外孙和曾外孙女。叶先生在爱的包围中、在花的记忆里安然长眠。此时此刻，在地球的另一边，在加拿大的两个城市里，叶先生的亲人通过视频同步参与这边的告别仪式，并一起含着眼泪吃冰激凌。因为叶先生生前曾经答应，要请孩子们吃冰激凌，她的亲人选择这种特别的方式，在这样特别的时刻为她送行。冰激凌里有甜蜜的怀念，也有细腻的悲凉，正如爱融化在心里，也如诗感动着人间。

走出告别厅，我看到前来送别的人群。其中有胸佩白花的长者，更多的则是面带悲戚的青年面孔。静静地，大家排成蜿蜒的长龙，队伍越来越长……

叶嘉莹先生是中华诗词学会的发起人之一，是中华诗词学会的名誉会长，我们对叶先生有着深深的敬仰之情。叶先生受业于著名学者、诗人、教育家顾随，而顾随先生的女儿顾之京、女婿许桂良也是我上大学时候的老师，所以从个人感情来讲，我对叶嘉莹先生还有着一份特殊的敬重。2017 年，由叶嘉莹先生主编、我赏析的《给孩子们的诗园·古诗卷》由人民文学出版社·天天出版社出版，也使我有机会感悟叶先生传递的中华诗词之美，并留下一份关于叶先生的难忘回想与情思。叶先生一路辛勤耕耘，弦歌不辍，清荷卓立，芬芳万里，她是一位学者、诗人、教育家，也是一位令人尊敬的耕耘者、劳动者。诗词经典中展现出来的精神品格、文化魅力，正如重新开花的古莲子一样，在她身上焕发出晶莹璀璨的生命光彩。

2021 年 5 月 16 日，97 岁的叶嘉莹先生在中华诗词学会残疾人诗词工作委员会成立时，曾经说过一段话。她说诗词里，古代诗人的精神、理想、人格、品质是普遍影响我们后世的，"每一个人，无论你身体上有任何疾病，但是，这种精神是永远都存在，永远给我们鼓舞的，这就是我们中国诗词最了不起的地方。"她还勉励大家一同学习诗词，"在精神修养上都有进步"。虽然叶先生多次提到"弱德之美"，但她本人对中华优秀传统文化的体悟和坚守，她内心的通透和自信，却又有着一份异乎寻常的坚韧和刚强。她的性灵境界高洁清净，别有一种尘俗之外的清凉和纯真。

叶先生既有深厚的诗词修养和传统积淀，又有坚实的新旧诗学底蕴和宽广的中西方文化视野。她本人是众所周知的古典诗词传承者，但并不狭隘地排斥新诗，还发表过谈新旧诗歌的比较文章，可见其学术胸襟和理论气度。她讲课时从不囿于一家之言，每每能从一点常见的词章，生发出许多不寻常的奇思妙想，还能把放出去的思绪之马再在课堂上重新拉回来。这种游刃有余的发散性教学，有助于培养学生对传统文化的鉴别和分析能力，给学子们带来更多新鲜的营养和创新的思维理念。叶先生从"兴发感动"入手，带领听众和读者一起进入瑰丽丰盈的诗词境界，也以其人格魅力让大家感受到那"以生命为诗、以生活实践诗"的诗意人生。

11月30日下午3点，我参加了在南开大学省身楼举行的叶嘉莹先生追思会。大家对叶先生"一世多艰、寸心如水"的赤子之心和家国情怀进行了更多追述和回望。叶先生的女儿赵言慧含泪感谢大家对叶先生的爱与关心，祝愿大家"在未来，活出每个人的精彩"。

乘车离开天津时夜色已深，415.2米高的天津广播电视塔正用灯光展示着叶嘉莹先生的画面，表达着深切的缅怀之情。叶嘉莹先生传记《讲诗的女先生》的作者、《文汇报》驻京记者江胜信女士恰好与我同车回京，她曾受邀在迦陵学舍讲学，也对叶先生有着更多的研究和更深的理解。听她回忆叶先生的最后时光，我的心里又涌起更多的感动和波澜。江胜信把叶先生称作"摆渡人"，"摆渡"这个词令我心头一动。的确，叶先生把古代的诗词之美摆渡到今天，把殿堂里的诗词之美摆渡到民间，把东方的诗词之美摆渡到西方，也把西方的研究方法摆渡到中华……她不仅自己感发和陶醉于中华诗词之美，还致力于把自己在诗词中体味到的美好和高洁，无私地传播和摆渡给世界上的其他人。

砚田溉甘澍，冰心曜晶莹。惠风穆桃李，蹊径滋欣荣。大家赞赏作为教育家的叶嘉莹先生，然而，叶先生本质上首先是一位诗人，一位温暖、透明、真诚的本色诗人。她的诗词清雅深挚，她的诗学理论精深宏阔，都值得我们进一步深入学习和认真研究。正所谓"高山仰止，景行行止"，中华诗词的温暖和光明代代传承，叶先生也在我们的心中永生。

挽沧海起，看春潮来。沐东风暖，醉晚梅香。周文彰先生在听到叶嘉莹先生仙逝之时写了一首七律，最后两句是这样写的："叶落根深枝更茂，先生遗梦后生圆。"我们对叶先生最好的纪念，也正是薪火相传，传光传暖，传真传美，继续为中华诗词事业一倾丹忱，尽献绵薄之力。诗讯传花讯，诗境化世境，岁岁东风绿，代代荐赤诚。我们把莲子放在叶先生身旁，这莲子也象征着我们的誓言和责任。莲子在，花魂在，清荷的芬芳在，中华诗词之美永流传……

（作者：高昌）

④

我们赶上了一个伟大的好时代

——"改革先锋"系列访谈李雪健篇

他头戴黑色短檐礼帽，面容清癯，灰白的胡须修剪得整齐而自然，身着深蓝色立领上衣、黑色长裤，黑色的皮鞋一尘不染，朴素的穿着优雅而不失时代感。在深色上衣的映衬下，党徽熠熠生辉。作为一名家喻户晓的表演艺术家，李雪健的身上充溢着谦逊、温和而又有力量的气质。

伴着改革的鼓点一路走来，李雪健崇德尚艺，执着追求，形成"含蓄、真诚、淳厚、朴实"的表演风格，塑造了众多生动鲜活的艺术形象，展现了改革开放以来的时代变迁。2014年10月，李雪健参加了习近平总书记主持召开的文艺工作座谈会并发言。2018年12月，李雪健荣获由中共中央、国务院授予的"改革先锋"称号。近年来，李雪健奋斗不息，继续在表演艺术上不懈探索，出演了多部产生重大社会影响的作品。

"要把心放到角色上"

1978年，李雪健进入中央实验话剧院（今中国国家话剧院前身之一）工作，随着改革起步，事业渐入佳境。

从《天山行》中的指导员余海洲到《横空出世》中的将军冯石，从《渴望》中的宋大成到《水浒传》中的宋江，从《焦裕禄》中的县委书记焦裕禄到《杨善洲》中的"草鞋书记"杨善洲……李雪健塑造的一个个深入人心的形象，影响了一代又一代人。

谈到自己的成功之道，李雪健认为最重要的是要讲从艺之德，要用心。他说："演员这个职业就是塑造人物、体验生命。每演一个人物角色，就像那个人一样活了一番。演员要对自己有高要求，要把心放到角色上。"

谈及自己塑造的角色，李雪健表示，最难以忘怀的是焦裕禄。他打开话匣子，讲起自己与焦裕禄的不解之缘："我生在农村，从出生到10岁都在山东省巨野县的田庄公社。巨野县与河南省兰考县相邻，风土人情相近。我10岁那年，数万名兰考群众在黄河故道沙丘上送葬，悲声震天。父母告诉我，兰考有一个好人、好书记——焦伯伯走了。他是为人民工作累病的，是我们学习的榜样。他在兰考留下了一种精神，一直延续到现在。"那时，一颗种子便悄然埋到李雪健的心里。

1990 年，导演王冀邢找到李雪健，想请他在电影中出演焦裕禄。"我能演焦裕禄吗？"已是话剧院专业演员的李雪健，第一反应是错愕、是怀疑，紧接着另一种情绪油然而生："让我演焦裕禄！这样的机会居然找到了我！"他激动万分："我想演！"之后他阅读了大量关于焦裕禄的书和资料，并到兰考体验生活。

"那时候电视剧《渴望》正在热播，我的头发短，身体也胖，演焦裕禄在整体形象上还有不小的差距。我开始打退堂鼓，但导演坚持不换人。"李雪健说，此后一个多月里天天以清水白菜为食，在开机前减重 20 多斤。李雪健的表演获得了焦裕禄家人的认可。

在电影拍摄过程中，感人的故事太多了。其中有一场戏，老饲养员肖位芬生病，焦裕禄去探望，演出中请了当地两位 80 多岁的老人当演员。"这两位老人几乎陪我们演了一个晚上。拍完之后，剧组要付给两位老人劳务费，他们马上板起脸来说，为焦书记做点事儿，还要钱？不能要，你们也别给！"李雪健回忆。

1991年,《焦裕禄》在全国放映,引发轰动。李雪健说:"1991年是我国改革开放的第13个年头。如果说电视剧《渴望》是在寻找真情,那么电影《焦裕禄》就是一种呼唤,呼唤民族魂。"

谈到进一步全面深化改革,李雪健表示,部署要靠扎实奋斗才能实现,这就要求我们把精神力量焕发出来。他说:"民族魂就是中国精神,焦裕禄精神是中国人的民族精神的重要组成部分。"

"共产党员的身份没退"

"人活着离不开两大因素,一是吃饭,那是物质食粮,二是灵魂,那是精神食粮,需要正确的价值观。"李雪健谈道。说着,他拿出一张纸,纸上满是手写的黑色、蓝色、红色的字。这张纸上,记着他演杨善洲的心得。

2011年3月,电影《杨善洲》剧组找到李雪健饰演杨善洲一角。"我说我行,因为我在云南当过兵。我看过杨善洲先进事迹报告团在人民大会堂的演讲。我1975年入党,是老党员了,对这样的人物很关注。"李雪健说,他也有一些顾虑,"毕竟时代和环境不同了,这个人物好,还能好到这个分儿上?"他在心里打了问号。

后来,李雪健走进云南省保山市,接触了杨善洲的同事、家人和朋友，又到林场接触了当地百姓。李雪健感慨："从大家的口碑和我的所见所闻，我为自己曾经有过'怀疑'感到脸红。"

李雪健说，当地老百姓编了条顺口溜，连孩子们都会念。说着，他就念起来："家乡有个小石匠，参加土改入了党，头戴竹叶帽，身穿百姓装，穿着草鞋干革命，创建了滇西大粮仓。一身泥、一身汗，大官他不像！像什么？像个种田郎。"

顺口溜里说的正是退休后主动放弃到昆明安享晚年、一头扎进深山植树造林的杨善洲。李雪健说："简单几句话，就把这个人给形容出来了。不深入生活，你怎么知道杨善洲是什么样的人？也只有到了那里，才能理解这个顺口溜。各行各业都有职业病，共产党员的'职业病'就是'自找苦吃'。职务到年龄就退了，但是共产党员的身份没退。"

精益求精的李雪健在拍摄时穿上了杨善洲生前的衣物，精心展示杨善洲工作、生活中的细节和习惯，不仅把杨善洲的外形把握得非常到位，更把他内在的精气神表现了出来。

2018 年，李雪健荣获"改革先锋"称号，并获评弘扬社会主义核心价值观的优秀表演艺术家。这更加激励他在文艺事业上砥砺前行。他认为，全社会共同认可的核心价值观是意识形态中最持久、最深层的力量，在全面深化改革的大业中，完善培育和践行社会主义核心价值观的制度和机制十分重要，在这个过程中，文艺家可以很好地发挥作用。

"创新就要顽强进取"

党的二十届三中全会提出，要进一步全面深化改革要"敢于突进深水区，敢于啃硬骨头，敢于涉险滩"。李雪健对此深表认同。

近年来，中国电影制作的工业化进程加速。李雪健参演的《流浪地球2》和《封神第一部：朝歌风云》两部大片，都体现了中国电影制作的工业化水平。"创新就要顽强进取。《流浪地球》是科幻片，讲的是未来的故事，具有很强的创新性。"李雪健说，试妆时，导演带他到拍摄基地看拍摄环境，其中的道具车间、服装车间、动作训练车间等一系列拍摄设施，一点儿也不比好莱坞差。李雪健谈道，这其中包含了很多人的奋斗。

"创新是文艺的生命""要把创新精神贯穿文艺创作生产全过程，增强文艺原创能力"……李雪健时时将习近平总书记的话牢记于心、践之于行。创新，就要挥洒奋斗的汗水。在谈话中，李雪健多次用到"奋斗"这个词。

访谈结束时，李雪健谈到了电影《横空出世》。影片中，将军冯石和科学家陆光达带领科研部队，为完成任务在西北荒漠上克服了无数的困难。李雪健说："这样的人越多越好。不同的行业、不同的时期、不同的年龄，会有不同的困难，就像电影《横空出世》中的人物要面对在大漠中默默奉献的考验一样。我们赶上了一个伟大的好时代，都是幸运儿，要珍惜，要做个有价值的人。"

（作者：李荣坤　党云峰　陈新华）

⑤

我们走这条路不是为升官，更不是为发财

—— "改革先锋"系列访谈樊锦诗篇

多次深入高校讲述敦煌故事，被年轻人亲切地称为"宝藏老太太"；分别给敦煌研究院和母校北京大学捐款1000万元，用于敦煌石窟的保护、研究、弘扬和北京大学的人才培养；出版了《敦煌石窟全集》第二卷《莫高窟第256、257、259窟考古报告》……

年过八旬，樊锦诗依然在聚光灯下。多年来，因为在世界文化遗产敦煌莫高窟文物保护传承与利用中做出突出贡献，她被誉为"敦煌的女儿"。2018年，她被党中央、国务院授予"改革先锋"称号，并获评"文物有效保护的探索者"。近年来，她仍在为文化遗产事业辛勤耕耘着。

"我对敦煌的奉献还要继续"

樊锦诗1963年就到敦煌文物研究所（敦煌研究院前身）工作了，事业焕发青春是从改革开放之后开始的。"改革开放带来开放的头脑和国际视野，我们开始大踏步向前走。"她说。

改革开放以来，敦煌研究院在文物保护和研究、弘扬方面有许多首创之举，例如：研发文物出土现场保护移动实验室，建立我国文化遗产领域首个多场耦合实验室；在全国文化遗产地率先开展游客承载量研究，实施世界文化遗产地科学管理；利用数字化让千年石窟的珍贵价值和历史信息永久保存、永续利用成为可能；在全国率先开展文物保护专项法规和保护规划建设……

在一系列探索中，曾任敦煌研究院副院长、院长的樊锦诗付出了许多，她的主见、定力和担当也被越来越多的人所知晓。

曾经，莫高窟差点被"打包上市"，是樊锦诗到处奔走游说，坚定地守住了老祖宗留下的宝藏。后来，当媒体人问及此事，樊锦诗总是一语带过。很少有人知道，巨大压力曾让她焦虑得彻夜失眠，此后长期靠吃安眠药入睡。

回首过去，樊锦诗感到欣慰："在许多年以前，有人觉得文物保护是没用的。可如今，敦煌旅游之所以如此热闹，靠的就是莫高窟，靠的是敦煌研究院在保护它、管理它、研究它。"

1987 年，莫高窟被联合国教科文组织世界遗产委员会批准列入《世界遗产名录》。作为莫高窟申遗材料的填报人，樊锦诗下定决心要让莫高窟的保护和管理真正符合国际标准和理念。彼时，她和团队在为洞窟做档案、查资料时，发现敦煌壁画褪色很严重。难道就眼睁睁地看着独一无二的敦煌石窟艺术逐渐消亡吗？樊锦诗回忆，她 20 世纪 80 年代末去北京出差，第一次看到有人使用电脑，受到启发，一个构想渐渐明晰："要为敦煌石窟及其壁画、彩塑建立数字档案。"樊锦诗超前地提出"永久保存、永续利用"的想法，敦煌研究院开始了"数字敦煌"的实践探索。2024 年，此案例被收入全国干部学习培训教材《推进和拓展中国式现代化案例选（文化·社会篇）》。

随着莫高窟声名鹊起，游客蜂拥而至，影响到洞窟内温度、湿度、空气的变化，加速壁画褪色。2003 年，莫高窟在国内首创"旅游预约制"，入洞人数得到控制。限制人数只能治标不治本，既要让更多人欣赏莫高窟的美丽与震撼，又要保护传承不易的瑰宝，在樊锦诗推动下，莫高窟用上了一系列现代技术和创新管理模式，还建立了莫高窟数字展示中心。莫高窟管理与旅游开放的创新模式，得到联合国教科文组织世界遗产委员会的认可，称其为"极具意义的典范"。

2019 年 8 月 19 日，习近平总书记在敦煌研究院主持召开座谈会，并就文物保护和研究工作发表重要讲话。樊锦诗回忆："对于敦煌研究院全体工作人员来说，这一天比过节还高兴。""总书记指出，敦煌文物保护和敦煌学研究博大精深，需要毕生精力才能见成效、出成果。择一事、终一生。希望大家把研究保护工作当作终身事业和无悔追求。"

"我认为，作为敦煌研究院的名誉院长，这也是对我个人的要求，所以我对敦煌的奉献还要继续，还要再尽绵薄之力。"樊锦诗说。

"母校和老师们的这份嘱托我忘不了"

61 年前，作为我国近代考古学奠基人之一的苏秉琦教授，请即将毕业远赴敦煌工作的樊锦诗喝了一杯咖啡。志忐中，她记下了先生的嘱托："做好莫高窟的考古报告。"这一嘱托，樊锦诗的业师、我国石窟寺考古开创者宿白先生也表达过。

在莫高窟的数十年，樊锦诗从未忘记老师们的嘱托和自己肩上的责任。终于在 73 岁那年，她和团队完成了《敦煌石窟全集》第一卷《莫高窟第 266 ~ 275 窟考古报告》，两分册 8 开 780 页，仅单册就是无法一手拿起的厚重分量。著名学者饶宗颐先生评价这份考古报告："既真且确，精致绝伦，敦煌学又进一境，佩服之至。"

樊锦诗说："母校和老师们的这份嘱托我忘不了，完成莫高窟石窟考古报告的使命我忘不了。"

近年来，樊锦诗继续孜孜以求。2024 年 1 月，她和团队历时 10 余年编写、30 多万字的《敦煌石窟全集》第二卷《莫高窟第 256、257、259 窟考古报告》，由文物出版社出版并发行。此书问世，向着实现出齐百卷本《敦煌石窟全集》考古报告的目标又迈出了坚实一步，为永久保存敦煌石窟的科学档案资料，提供了更多真实完整的考古学资料。

樊锦诗说："石窟考古报告的撰写非常枯燥、烦琐，但必须要做好，因为哪怕以后万一洞窟坍塌，有考古报告在，就可以复原。对石窟负责、对历史负责，我们要一卷一卷地做下去，直到完成所有敦煌石窟的考古报告。"

"要一代一代地把故事传下去"

近年来，喜爱樊锦诗的人们以出书、排剧、演电影等方式，尝试讲好樊锦诗的故事、弘扬"莫高精神"，鼓舞更多人在价值观多元、个人选择丰富的当下，拨开喧嚣与浮华，找到属于自己的坚守。

2023 年 3 月，沪剧电影《敦煌女儿》全国公映。这部电影是在舞台版基础上进行改编的，此前，沪剧《敦煌女儿》历经多年创作打磨，受到各界充分肯定。为了排剧和拍电影，主创人员和樊锦诗多次深入交流。樊锦诗和扮演她的茅善玉结下了深厚的忘年之交，担心同是上海人的茅善玉在敦煌吃不惯，樊锦诗还在电影开机前特地给她送了两瓶酱菜。樊锦诗说："这部电影，演的不是一个人，而是一群人。希望能通过电影，让更多人知道几代莫高窟人的故事。"

2023 年 11 月，《吾爱敦煌》上映。这部电影对樊锦诗的工作和生活经历进行改编创作，运用纪实与叙事穿插的手法展现了一代代科研人员如何在敦煌开展文物保护工作。对于专门拍一部以自己为主角的电影，樊锦诗一开始并不乐意。导演苗月介绍："本着将重点放在敦煌文物保护推广的宗旨，樊老同意拍摄，并多次强调，不要夸大她本人。"

2019 年，由樊锦诗口述、北京大学顾春芳教授撰写的《我心归处是敦煌：樊锦诗自述》由译林出版社出版。该书讲述了樊锦诗不平凡的人生故事，刻画了砥砺前行的敦煌守护者形象，出版后多次获奖。2024 年，该书英文版亮相美国旧金山，让敦煌文化与"莫高精神"在世界文明交流互鉴中再一次焕发光彩。关于出书的初衷，樊锦诗说："以我在敦煌近六十年的所见所闻，为莫高窟的保护事业，为敦煌研究院的发展留史、续史，是我不能推卸的责任。"

2024 年 5 月，2024 文化强国建设高峰论坛在深圳举行，樊锦诗出席主论坛和"加强文化遗产的整体保护和活态传承"分论坛，并带来主题演讲。

"我是给敦煌做了一点儿事。"在演讲中，樊锦诗提起了自己在敦煌的 60 余年光阴，"我在敦煌待了 61 年，从工作开始一直到现在。但是这个事我觉得不能都放在我一个人身上，是我们几代人在接续努力。"

她倡言："讲好文物的故事，特别要面向青少年讲好故事。"

她提出："文化强国，文化就是'以文化人'，就是要触动人的灵魂。"

对于支持表现敦煌及她本人的创作，她始终如一的着眼点是弘扬文化。"我们研究的目的是什么？不是要关着门搞，就是要弘扬，就是要一代一代地把故事传下去。"她说。

"我不喜欢这么功利"

2023 年 5 月 4 日是北京大学 125 周年校庆日，樊锦诗回到母校捐出 1000 万元，用于北京大学人才培养和敦煌学研究。同年 7 月，樊锦诗又向中国敦煌石窟保护研究基金会捐出 1000 万元，用于推动敦煌石窟保护、研究、弘扬事业和培养急需紧缺人才。

钱，主要来自她获得的两笔奖金——"吕志和奖—世界文明奖" 2000 万港元、"何梁何利基金科学与技术成就奖" 100 万港元，以及一些积蓄。

捐出巨款的背后是樊锦诗极其俭朴的个人生活。"樊院长至今睡的还是刚工作时单位分的木床板。刚开始是单人床，后来拼成了双人床。家里都是书，几乎没有多余的家具。"敦煌研究院的工作人员介绍。

多年来，樊锦诗重视人才、培养人才、爱护人才，在敦煌研究院有口皆碑。其实，她对人才的关注和培养，早已扩展到社会层面。

2020 年，湖南耒阳女孩钟芳蓉以 676 分的优异成绩考取北京大学，选择了考古专业。消息一出，却遭到一些网友质疑，称"没钱途""考古专业冷门，不容易找到好工作"。钟芳蓉通过微博作出回应，称她从小就喜欢历史和文物，受敦煌研究院名誉院长樊锦诗的影响，选择报考考古专业。樊锦诗得知此事后，和顾春芳教授一起，为钟芳蓉送去《我心归处是敦煌》一书，还写信鼓励她"坚守自己的理想"。

光阴荏苒，4 年过去，2024 年 7 月，钟芳蓉通过敦煌研究院校园招聘，被石窟考古岗位录取。2024 年 9 月 28 日，《人民日报》新媒体推出特别策划"追光"演讲，樊锦诗在演讲中分享了自己的青春故事。钟芳蓉也在视频里出镜，与老院长一起演绎青春的赓续。

对此，樊锦诗曾表示："是考古告诉人们历史，把未知的事情慢慢变成已知，这样的工作是需要人做的。北京大学考古学专业不在于招生的数量多少，而是更需要人才，需要的就是像这个小姑娘这样，热爱这份事业的人才。""我们这些搞研究的人，不为名不为利，即便当个院长也不是什么官，也和大家一样就是个团队的组织者而已。我们走这条路不是为升官，更不是为发财。"

展望前景，樊锦诗再提反对浮躁，她说："追求名利，追求短平快，这是不负责任的，我不喜欢这么功利。"

（作者：陈璐　谭繁鑫　陈新华）

艺术道路上的高峰永远在前面

—— "改革先锋"系列访谈李谷一篇

李谷一，是中国艺坛一个响亮的名字。数十年来，她始终将自己的艺术实践与改革开放进程紧紧相连，用歌声见证改革开放的豪迈壮举，用作品抒发祖国的豪情、民族的豪迈、人民的心声。2018年，她被党中央、国务院授予"改革先锋"称号，并获评"讴歌改革开放的歌唱家"。她始终牢记为人民歌唱的使命，近年来，在坚持演唱的同时以极大的热情培养更年轻的歌唱家。

"活着就要探索创新"

1978年底召开的党的十一届三中全会使文化工作者摆脱过去的思想禁锢，以更加开放、创新的思维推动文化发展。

李谷一于 1979 年年底录制的歌曲《乡恋》被称为"新时期中国大陆的第一首流行歌曲"。由于运用了半声、轻声等唱法，这首歌在很长的时间里被有的人批为"靡靡之音"。1983 年，首届央视春晚上，应大量观众来电要求，《乡恋》成为李谷一当晚演唱的第 10 首歌曲。一个时代的禁忌从此被打破。

《乡恋》原名叫《思乡曲》，第一稿风格独特，技巧要求比较高，适合专业人士演唱，但不容易在老百姓中传唱。李谷一回忆说："当时正值改革开放初期，包括我、词作者、曲作者、录音师、音乐编辑等在内的创作组，在创作时有一种豁然开朗的感觉，我们认为这首歌在创作上也应该解放思想，不能再按照以前的音乐节奏、和声编配和旋律走向来写。"

于是，词曲作家重新创作，大胆突破，使其更符合时代要求，为老百姓所喜闻乐见。修改后的第二稿也就是大家今天听到的《乡恋》。

1979 年，李谷一糅合半声、轻声等唱法演唱的《乡恋》，一经播放反响强烈，同时也受到空前的非议和责难。当获准在央视春晚舞台演唱《乡恋》的时候，李谷一心里想"总算是名正言顺地解放了"，但那时候她因为唱了别的歌，已经满头是汗，很累了。寻找她的伴奏带，结果没有《乡恋》这首歌。后来还是一位灯光师在随身带的磁带中找到了。李谷一对这一细节颇感欣慰："他自己的磁带，他喜欢我的歌。"

李谷一说："央视在 1983 年肯定了《乡恋》以后，我们就知道了不必沿用过去那种僵硬的、保守的、一成不变的创作手段。只要是真善美的，都可以表现出来。"

作为改革开放以来民族声乐的代表人物之一，李谷一数十年如一日地认真演唱每一首歌，深刻追寻歌曲的内涵，自觉追求"以情带声，以声传情"，确立了以情动人的演唱特色。在主张"洋为中用"、系统学习并掌握西洋发声法的同时，她注重"古为今用"，将戏曲唱腔、形体表演等用以演绎民族歌曲。她开创的中国民歌现代唱法，以鲜明的特色出现在中国舞台上。

作为歌坛传奇，近年来李谷一依然保持着灵动和硬朗，声音甜美，精神十足。她推出的《山水》《那溪那山》《你养我长大，我陪你变老》《大好河山耀中华》等歌曲，受到听众的热烈欢迎。

"我认为，艺术家是没有退休这一说的，活着就要探索创新。"李谷一对记者说。

"不要忘了根本，不要忘了我们对自己文化的自信"

2014 年 10 月 15 日，李谷一参加了习近平总书记主持召开的文艺工作座谈会。

"能参加这个座谈会，我的心情很激动，从接到通知的那一刻起心里就非常期盼。"李谷一回忆说。李谷一表示，习近平总书记在座谈会上的重要讲话为文艺工作者指明了目标和方向。作为一名歌唱家，就是要为人民而歌。习近平总书记在文艺工作座谈会上深刻阐明："增强文化自觉和文化自信，是坚定道路自信、理论自信、制度自信的题中应有之义。"在李谷一看来，文艺工作者的文化自信，离不开祖国深厚文化土壤的滋养。

1984 年，李谷一演唱了后来传唱大江南北的《我和我的祖国》。这首歌也是探索和创新的结晶，所采用的一些创作手法在当时主旋律歌曲中是很少见的。李谷一说，这首歌的创作体现了强烈的时代性——国家变得越来越好，人民充满喜悦。

李谷一说："我在演唱时，很自然地将自己对祖国、时代和生活的感情填进歌中。当唱到'袅袅炊烟小小村落，路上一道辙'时，我会想到正在建设中的农村；当唱到'每当大海在微笑，我就是笑的旋涡'时，心中更是充满自豪。"

对自己的家乡湖南，李谷一同样满是深爱。她把自己的工作风格概括为"吃得苦、耐得烦、不怕死、霸得蛮"，体现了湖湘文化的深厚滋养。当家乡人问她住北京多年在饮食上是否习惯时，她一边回答"没问题"，一边说还是喜欢家乡风味："家里豆壳子等坛子菜不缺，剁辣椒我也年年剁得有。"

党的二十届三中全会明确提出，"必须增强文化自信，发展社会主义先进文化，弘扬革命文化，传承中华优秀传统文化"。

我国的民族声乐艺术历史悠久。民族民间文化是土壤，是艺术创新创造的根基。在李谷一看来，她演唱风格的形成首先得益于我国民族戏曲的养分，十几年的花鼓戏学习和演唱给予她艺术创作的底气。

20世纪90年代初，李谷一提出"戏歌"概念，演唱了《浏阳河》《刘海砍樵》《故乡是北京》《前门情思——大碗茶》等戏歌作品，将戏曲元素与歌曲相结合，拓展和丰富了声乐艺术的表演形式，为优秀声乐文化的保护与传承做出了重要贡献。

谈及此，李谷一很自豪："作为探索和创新，'戏歌'既丰富了词曲创作者和歌唱演员的艺术创作形式，又对戏曲进行了保护和传承。因为很接地气，所以，深受群众喜爱。"

"中国有 5000 年的文明，有几千种民歌、几百种戏曲，文艺创作要传承和弘扬好中华优秀传统文化，推出更多更好的艺术作品。"李谷一表示，"我们应该努力把中国声乐艺术作品推向世界，让外国人唱中国歌。"

"国家给了我们好的政策，让艺术家能充分发挥积极性，解放思想，没有阻拦。但是我们不要忘了根本，不要忘了我们对自己文化的自信。只有这样，我们才能保证我们的舞台充满向上的力量。"李谷一说。

"努力用更多的好作品回报新时代"

改革开放 40 多年来，在央视春晚倾情演唱《难忘今宵》的李谷一，是几代人难忘的艺苑风景。

1984 年，央视举办春节联欢晚会，总导演黄一鹤想为晚会创作一首结束曲，突出晚会的主题思想，于是邀请词作家乔羽和作曲家王酩联手专门创作了歌曲《难忘今宵》。春晚剧组邀请李谷一演唱《难忘今宵》，她凭借精湛的演唱技艺和独特的嗓音条件，将歌曲中蕴含的深情厚谊以及对祖国、对同胞的美好祝愿诠释得淋漓尽致，让这首歌在春晚舞台上首次亮相便大放异彩。

李谷一多次在央视春晚演唱《难忘今宵》。当有人问她年复一年唱同一首歌是否觉得腻时，她回答："没有唱腻。唱是可以换很多人的，形式也可以换，但是我们共同的愿望在这里，谁不爱自己的国家？"

2023年和2024年，李谷一因身体原因两次缺席央视春晚，这也使得《难忘今宵》的演唱形式发生了变化，有人觉得耳目一新，也有人怀念李谷一领唱的经典版本。

党的二十届三中全会明确提出"培育形成规模宏大的优秀文化人才队伍"。文化体制机制改革要以人为本，把育人才、强队伍作为十分重要的工作任务。

逐渐淡出舞台的李谷一，把更多的精力用在培养年轻的歌唱家上。"我把我的舞台经验、歌唱技巧传授给孩子们。我上课要求很严格，一点儿都不能马虎，学生们反映收获挺大。"她说。

李谷一身体还算硬朗，时不时还能给学生们表演"朝天蹬""一字马"。谈到培养艺术人才，她有很多话要说。

关于价值观，她说，年轻人首先要拥有热爱祖国和讴歌祖国的情怀，还要树立正确的世界观、人生观、价值观。在此基础上，不断向国外优秀的作品学习、借鉴，做好洋为中用、推陈出新。

关于挫折教育，她说："希望他们在从艺路上不要总想着一帆风顺，遇到坎坷能够坚持下去，充满信念。"

关于师承，她希望年轻人向当年求学的自己看齐，注重博采众长。她说："我除了自己的主课老师外，还有很多指导老师。孩子们也是，有很多指导老师，他们可以去汲取各个老师的优点，来拓宽他们的歌唱道路。"

……

回顾改革开放以来的求索之路，李谷一说："艺术道路上的高峰永远在前面。希望文艺工作者坚持不断探索与创新，不要忘记用心用情为人民服务的使命，努力用更多的好作品回报新时代。"

（作者：陈新华 谭繁鑫 周志军）

⑦

精神产品是要提供榜样和力量的

——"改革先锋"系列访谈蒋子龙篇

蒋子龙是"改革文学"的创始者之一，他的"改革文学"作品风格雄放刚健，把改革者的个性心理、精神风貌以及为现代化建设进行的可歌可泣的奋斗，表现得极具感染力。

2018 年，蒋子龙被党中央、国务院授予"改革先锋"称号，并获评"改革文学"作家的代表。近年来，他继续辛勤笔耕，连续推出众多有影响力的新作，还将精力投入公益事业和文学人才培育中，自觉践行文艺家的使命和担当。

"先把生命拓宽，然后再往深处开掘"

1979 年 7 月,《人民文学》刊载了蒋子龙的小说《乔厂长上任记》。这篇小说在读者中产生广泛而持久的影响，成为"改革文学"的开山之作，获得了 1979 年度全国优秀短篇小说奖。

小说讲述了某重型电机厂生产停顿、人心混乱，主人公主动请缨收拾烂摊子，上任后大刀阔斧地改革，扭转生产被动局面的故事。由于其影响力巨大，当年不少单位曾将其作为改进管理的"文件"对照着学习。

写这篇小说时，蒋子龙正当盛年，才 38 岁。他回忆："只用三天时间便完成了写作。"

对于这篇小说产生的巨大反响，蒋子龙在当时觉得有些出乎意料。因为这篇小说的写作源自水到渠成的生活感触，并非刻意进行的创作，正如蒋子龙所说："不是我找到了乔厂长，而是乔厂长找到了我。"小说主人公乔光朴所面临的问题，不少是蒋子龙自己在重机厂的锻压车间当主任时遇到的，他当时一直在想如果自己是厂长会怎么做。所以当《人民文学》杂志找他约稿时，他才这么快就拿出这篇小说。

其实，能够产生那么大的反响也在情理之中。蒋子龙认为，乔厂长这个人物"站在那个年代社会、经济、文化等几条线的交会点上"，这个"交会点"是乘着改革的春风而来的，是因为改革开放才存在的。"只有当'改革'

成为人民群众精神生活与物质生活的主题时，正在剧烈地摇荡与改变人们的生活方式时，才能让作家把激情和材料融合成创作之火，把虚构的人物和故事融于真实的生活旋律之中。"蒋子龙说。

对于被称作"改革文学"作家的代表，蒋子龙认为，"改革文学"得到党和国家的认可，其意义不仅在于肯定这个提法本身，也在于鼓励现实题材的创作。

对于常被人看作"工业题材"作家，蒋子龙说："其实，这么多年来，我的笔尖触摸到了演员、医生、工人、农民，我的写作不分题材，不限于某种特定思维模式。"不过，他也坦陈，确实对工业题材和职工生活有一份很深的感情。自 2021 年 10 月起，他开始担任天津工业大学人文学院院长。近期，天津市职工作家创作文丛出版，蒋子龙参与审阅书稿并作序。他说，这些作品无一不是从职工代表熟悉的生活元素中提炼出来的，题材多样、内容丰富，带有明显的天津地域特色，创作也各有千秋，"希望他们能再接再厉，创作出更多更好的文学作品"。

改革所带来的，不只是对经济发展的推动，还包括对人的全面发展的促进。蒋子龙认为他从中深深受益："我的写作生涯可以概括为先把生命拓宽，然后再往深处开掘。"他说，对于作家而言，紧随社会发展步伐，实现自我革新，是丰富自身、发展自身的必要途径。

"保持真情和思想，淬炼语言和表达"

除了工业题材的作品，蒋子龙在农业和农村领域的创作也成就斐然。蒋子龙是从农村出来的人，对农村有深厚的爱，非常关注农村发展。谈起对自己哪部作品最为看重，他常提及1997年就动笔、历时11年写就的《农民帝国》。这部小说反映了改革开放三十年农村发展变化，凝聚了他对农村生活变革与农民文化性格的思考。

这部小说既有对主人公郭存先顺应时代发展的肯定，也有对他深层思想没有跟上时代的否定。郭存先在前期拥有带领村民闯事业的气魄，受惠于时代的发展与进步，取得了不错的成就，但他的很多思维模式、行为方式还停留在以前，并没有跟上时代，所以在功成名就之后，个人私欲膨胀，做了很多错事，受到了时代的审判。

在蒋子龙写这部小说的11年中，他一直对其心心念念，"一有想法就记在纸片上"，为了夹住这样的纸片，他用了整整两个大本子。有的纸片上是一个细节，有的仅是一句话，用心用情之深可见一斑。

从《机电局长的一天》《乔厂长上任记》《一个工厂秘书的日记》，到《燕赵悲歌》《蛇神》，再到《农民帝国》，蒋子龙的每一部作品几乎会引起读者的广泛关注，甚至是热烈的探讨和争论。冰火两重天的评价经常伴随着他，他坦言情绪有时也会受到干扰，但总是"斗罢艰险又出发"。当谈及如何才能数十年如一日保持良好创作状态时，他说："保持真情和思想，淬炼语言和表达，使得我直到今天还能写点东西。"

"手艺道是一种精神"

当谈到"创作经验"这个话题，蒋子龙说："我觉得文学跟生活的关系，不是在生活中间由你去插上一杠子，把生活挡住，文学没有这种力量。作者应该有一个庞大的胃口，把生活一下子包容进来，然后像牛一样慢慢地咀嚼消化，品出味道，变成你的作品。"他的创作经验就是深入生活。

他对生活的尊重，最早来自小时候给乡亲们读故事。那时候，每到晚上，他二婶家三间大北房里就成了一个临时的书场，炕上炕下挤满了听众。"我能观察到，读到哪里他们会比较紧张，由此也窥见故事情节安排上的一些门路。而这些安排都源于生活。"后来，这种对读者反应的观察延续到他的写作中，"有时候写不下去了，我就给人读一段，观察对方的反应，接着往下写。"他说，写作一刻也离不开生活积累。

正是因为有了从生活中积攒写作能力和经验的习惯，当他进行"改革文学"写作时，才会有水到渠成的感觉。他说："我认识的一些性格突出的人物全在我脑子里活了起来，仿佛是催着我快给他们登记，叫着喊着要出生。"

如今，年过八旬的蒋子龙依然坚持每年都要到"生活深处"去走一走、看一看，遇有外出的机会，特别是去企业、到农村，轻易不会放过。他说："一个人上了年纪，要多关注现实世界，这有助于保持甚至扩大自己的精神容量。我是写现实的，要始终保持对世界的好奇心，不断从现实生活中汲取营养。现实永远比虚构更精彩。"

蒋子龙倡言，作家、艺术家要有"工匠精神"。他说："我中专学的专业是热处理，曾在车间里当锻工。工人们的骄傲就是手艺，也叫手艺道。手艺道是一种精神，要求精益求精。"

谈到现在大家热议的 AI 参与写作，蒋子龙说，有两种结果，一种是悲观的，就是我们导之无方，文学完全变成一种娱乐消遣物，还有一种是乐观的。"未来的中国文学，肯定还会有伟大的作品问世。"他目视前方，神情很专注，"终归，精神产品是要提供榜样和力量的。我比较倾向于乐观的预测。"

（作者：谭繁鑫　高昌　陈新华）

⑧

老艺术家忆年节、话新春

沙景昌：越忙感觉年味越浓

　　中国国家话剧院国家一级演员沙景昌一直活跃在话剧和影视表演一线，曾参演多部影视作品，如《情满四合院》《沙场点兵》《杀虎口》《远方的山楂树》《黄河浪》《传奇情仇》等。从事文艺工作半个多世纪以来，沙景昌没少参加春节期间的演出活动，用他的话说就是"逢节必演，节节不落"。

　　春节是文艺工作者最忙碌的时段之一。沙景昌说，忙演出，越忙感觉年味越浓。回忆起文化生活，沙景昌印象最深的是 1981 年的春节。

他说:"我们中央实验话剧院(后与中国青年艺术剧院组成中国国家话剧院)在北京人民剧场演出刘树纲根据美国拳王的故事改编的话剧《灵与肉》,我在剧中饰演拳王却利。当时室外天寒地冻,我需要在舞台上光着膀子和对手拳来拳往、挥汗如雨,再现拳击场上善与恶、强与弱的较量场面。"

当时经济条件有限,难以获取足够的肉蛋食物维持体力,每场演出过半,沙景昌都要靠团里发给主要演员的几块巧克力补充体力。"整场演出连打拳带大声说台词,两个多小时的体能消耗,我感觉筋疲力尽。但每当听到正义的呼声随着剧情从台下观众中爆发出来,我们台上的演员就深受鼓舞,更加卖力,将剧情和节日气氛推向高点。"沙景昌说,"作为演员,能听到观众下意识地呼应、情不自禁地参与到剧情中来的声音,很欣慰,很满足!演出结束,公交末班车都没有了,演员在寒风中蹬 40 分钟自行车回家,可一路上还是很兴奋。"

聊起年味,沙景昌说,过去包饺子、嗑瓜子和花生、吃大冻柿子、放鞭炮,朴素简单,到如今,过年形式多样、热闹有趣。对文艺工作者来说,年味始终未变,那就是在春节演出的过程中感受到的荣耀和快乐。

退休后沙景昌依然忙碌在演出活动中，他还在不断探索新的演出形式和内容。2022年，他在中国教育电视台《诗意中国春晚》中表演了诗朗诵《今夜星光灿烂》《红船》，受到观众认可。在其他的演出中，他朗诵的《邓稼先的故事》《致敬可爱的人》《念黄河》《祖国是什么》等作品同样受到欢迎。"时代在变，不变的是大众对充满正能量、鼓舞人心、具有教育意义的文艺作品的喜爱。"沙景昌说。

几十年来积累的深厚演出经验，让沙景昌能捕捉到当下观众对文艺演出的需求。他了解到，近年来大众对戏曲多了一些偏爱。"文艺工作者就是要不断满足观众的需求，尝试拓宽自己的技能，为不同爱好的观众服务。"为此，沙景昌受邀参加2024年中央广播电视总台戏曲频道的春晚节目，演出样板戏《沙家浜》中郭建光的唱段《军民鱼水情》。

沙景昌说："春节等重大节日期间，为观众奉上丰富的文艺节目是文艺工作者的本职，而为传承艺术瑰宝、弘扬民族精神、推动中华优秀传统文化出力，是演员毕生的职责。"

甘露：体现出老年艺术团的价值

春节前，国家一级编导、中国东方演艺集团中国歌舞团原团长甘露一直在福建、贵州、湖北等地忙碌，做评委、讲授编导创作课……退休后，她积极投身各地文艺演出和群众文化工作。临近春节，她回到北京过年。

甘露曾担任多台重要晚会的总导演，习惯了高强度和快节奏的工作。"特别是逢年过节，要参加春节晚会等活动，排练到半夜是常有的事，春节期间一般都无法和家人团聚。"说起这些，甘露并未感到辛苦，言语中流露出的是自豪。"通过演出为群众带去欢乐，是刻在文艺工作者骨子里的一种责任。尤其是看到作品被完美呈现的时候，心里就特别幸福。"甘露说。

谈及印象深刻的故事，甘露回忆，2006年春节前，她去美国耶鲁大学演出，当时演出一票难求。很多外国朋友慕名而来，剧场的过道和台阶上坐满了热情的观众。在一个器乐演奏的节目中，线路突然出现问题，音响失声。"当时正好在演奏《茉莉花》，演员很镇定，没有慌乱，而是继续演奏，原本有些尴尬的现场气氛瞬间改变。观众跟着旋律唱了起来，台上台下互动着，那场面令人激动又振奋。"就这样，演出中的小事故反转成一个亮点。

有一次，甘露随团去非洲表演。为了让《红绸舞》更加丰富活泼，作为总导演的甘露把红绸变成了兼有红黄绿三色的彩绸，融入了当地特色的文化元素。演出后，当地文化部门负责人握着甘露的手，激动万分，因为彩绸的颜色就是他们国家国旗的颜色，这个创意打动了他。这让甘露感触颇深：作为文艺工作者，要始终担负起坚定文化自信、传播中国声音这一重要使命，以文化人、以艺通心。"这次演出给了我很多启发，在之后的出国演出中，我会更多考虑将对方的文化元素融入作品，以此拉近距离、加深感情。"

退休后，甘露依然活跃在各种艺术活动中，加入文化和旅游部组织的老年艺术团，走进乡村、养老院等地进行演出。今年春节前，她随团到杭州的一个养老院慰问演出，向住在那里的老科学家、研究人员问候新春。"他们非常喜欢，演出结束后依依不舍，很多老人感动得流下了眼泪。"甘露说，"做这件事情太有意义了，也体现出老年艺术团的价值。"

甘露说，几十年的演艺生涯让她明白，文艺创作要始终坚持以人民为中心的创作导向，唱响主旋律、传递正能量，为实现中华民族伟大复兴的中国梦提供强大精神力量。

瞿弦和：换上矿工服，下到矿井中

晚上 9 点，已经 80 岁的中国煤矿文工团原团长、一级演员、全国政协委员瞿弦和的工作才告一段落，回到家中休息。

瞿弦和用沉稳厚重的嗓音，诵出一首首诗篇，陪伴了几代观众的成长。今年春节，他坚持前往各地参加演出，一如既往地深入矿区，用精彩的表演为矿工朋友送去欢乐与祝福。

对瞿弦和而言，"煤矿"是与自己艺术人生息息相关、密不可分的关键词。回顾往昔，担任中国煤矿文工团团长期间，每逢春节他都会带领团员走进基层，为在一线奋斗的矿工送去祝福。在许多美好、难忘的记忆中，都有着矿工们的身影。

瞿弦和回忆说，1985 年农历大年初五，他带领中国煤矿文工团话剧团来到隶属于北京矿务局的王平村矿，用一出话剧《特别记者》为矿工们献上春节慰问演出。那时，矿区的剧场设施老旧且紧挨火车站，只要火车经过，舞台就摇摇晃晃。舞台两侧没有休息室和卫生间，演出间隙，演员只能在后台找地方更换服装。"看守剧场的老先生考虑到天气和隐私问题，就腾出自己在二楼的房间让女演员更换戏服、梳洗打理，无微不至地做起后勤工作。"老先生的举动让瞿弦和与同事深受感动。

即便条件有限，矿区的每一位职工都尽可能地为演员营造便利、舒适的演出环境；文工团团员也抖擞精神，更加尽力地完成表演。

"想了解煤矿工人的生产生活、体会煤矿工人的思想精神，想更好地用艺术为他们服务，就必须换上矿工服，到矿场里走一趟。"瞿弦和说，当时，煤矿文工团规定演员要在春节期间到矿区和矿工一起包饺子，并举办慰问演出，让在基层体验生活的经历成为培养文艺工作者的教材。

令瞿弦和记忆犹新的还有1991年的春节慰问演出。那时，他与中国煤矿文工团歌舞团、话剧团成员在农历大年初一到北京大台煤矿慰问演出，团里的许多明星演员参加了这次活动。还没走进矿场，他就看到工人热情地欢迎他们到来，队伍绵延几里长。换上矿工服，下到矿井中，幽深的大巷变身临时舞台，大家与矿工同唱一首歌、共念一首诗，没有演员和观众的隔阂。"我们都是在长期的演出中被人民培养起来的，通过不断地到基层演出，又把学到的东西再献给人民，这是文艺工作者永恒的道路。"瞿弦和说。

深入基层、走进矿区演出的经历贯穿了瞿弦和的艺术生涯，即便退休后无法再下到矿井中，他也依旧坚持每年春节走进矿区慰问。今年，瞿弦和去了准格尔煤矿，还回到煤矿文工团的诞生地鸡西矿区演出。"我始终把自己当作煤矿工人的一员，与煤矿工人在一起，这份心情永远不会改变。只要还能发挥余热，用自己的本领为广大群众服务，我愿意在舞台上演一辈子。"瞿弦和说。

杨青："全靠大年三十晚上的饺子"

春节期间，中国国家话剧院国家一级演员杨青家里格外热闹。"今年春节家里边来的人比较多，作为家中的老大，弟弟妹妹和晚辈们都来我家里过节。"新年最重要的是相聚，在杨青眼中，一场相聚释放的是亲人间长久的惦念。

从小喜爱文艺的杨青，于1978年考入中央戏剧学院表演系，毕业后进入中国青年艺术剧院（后与中央实验话剧院组成中国国家话剧院）工作，在戏剧舞台上绽放光彩，曾获得中国戏剧梅花奖、文华奖等重要奖项。杨青还在影视剧中塑造了许多经典人物形象，从电视剧《渴望》中的"徐月娟"到电视剧《知否知否应是绿肥红瘦》中的"太后"，打动了无数观众。

杨青是地道的北京人，她生于20世纪50年代。在她印象中，小时候的春节幸福甜美，承载着迫切的期待。她说："小的时候盼着过年，觉得时间过得好慢。现在，我觉得这一年太快了，也不知道是时间变快了，还是因为事情太多了。"

那时，杨青从腊八就开始"红着心"等待大年三十，等待大年初一拜年……老北京人过年有丰富的年俗，腊八就开始准备迎接农历新年的到来。杨青回忆说："我们小的时候，小姑娘会买绒花，过年的时候戴在头上，还会穿新衣服和新鞋。"大人则忙着蒸馒头、蒸豆包、蒸枣糕、炖肉、炖鸡、炖鱼等。

过去物质不丰富，过年就显得格外重要、香甜。杨青说："那个时候，家里住的房子不像现在这么大，一家人在那么小的空间里边，总觉得暖暖的、其乐无穷。大人会给我们讲故事，我们吃着平时吃不到的花生、瓜子、水果糖，屋子里充满了过年的味道。"

春节期间，杨青有时也会因在外地拍戏，无法与亲人团聚。有一年，在拍摄电视剧《二胎时代》时，杨青在剧组度过了春节。大年三十，在酒店餐厅里，杨青和面、擀皮、调馅，与大家一起包饺子，在饺子里悄悄放进花生米和糖，作为幸运的标志。来自天南海北的演员欢聚到零点左右，共同分享新春的喜悦。"那一年的春节和在家里边完全不一样，全靠大年三十晚上的饺子把大家的情绪烘托起来。"杨青说。

从中国国家话剧院退休后，杨青的日子依然充实。她参演话剧，参加公益活动，近年成为影视剧里的"母亲"专业户。新的一年，杨青期待有适合自己的角色。作为老戏骨，她也甘当"绿叶"，希望和年轻演员一起，呈现给观众更多好戏。

姬麒麟：打封闭坚持演完节目

说起过年的故事，今年77岁的中国歌剧舞剧院退休干部、表演艺术家姬麒麟如数家珍。在数十年的舞台生涯中，每逢春节，他都积极参与各大演出，为人民群众送去节日的祝福和欢乐，展现文艺工作者的风采。

20世纪80年代初，中国歌剧舞剧院组织了一台群英荟萃的歌舞晚会，集结了歌剧表演艺术家郭兰英、舞剧表演艺术家赵青等，以中央慰问团的名义赴内蒙古进行春节慰问演出，受到热烈欢迎。"近一个月的演出，我们从呼和浩特演到包头，再演到二连浩特，虽然天寒地冻，但艺术家都倾情演绎，展现出最好的演出状态。"当时，姬麒麟与赵青表演的舞剧《梁祝》作为压轴节目，一上演便打动了现场观众，将现场气氛推向高潮。

姬麒麟说，虽然当时演出条件艰苦，但所到之地得到了"最高礼遇"，艺术家与人民群众双向奔赴。"曾为周恩来总理服务过的一位老大姐，听说我爱喝奶茶，每天吃完早餐都为我备好两暖壶奶茶，让我带回住所。我深受感动。"姬麒麟说。

有一年春节前夕，中国歌剧舞剧院组织赵青、姬麒麟双人舞晚会赴天津公演。公演地点是一个新修建的剧场，因尚未吊顶，暖气全被屋顶吸走了。由于天气寒冷，姬麒麟在上场前身体怎么活动也舒展不开，肌肉、关节处于紧绷状态。"运动型演员在正式工作前活动不开肢体是有风险的。"果不其然，上台表演第一个节目时，他的腰就扭伤了。

"那台晚会包含 7 个舞剧片段和舞蹈节目，为了不影响演出，我咬牙坚持完成了第一个节目。"姬麒麟说，为了不让观众在大冬天败兴而归，他打了 3 针封闭，用绑带紧紧缠住腰部，演完了其余的 6 个节目。演出结束后，同志们用担架将他抬上火车送回了北京。"后来渐渐地，我告别了热爱的舞台，转战影视艺术。"从艺 60 余年，他横跨京剧、舞剧、话剧、电视、电影 5 个行当，成为多面手。

"我在文艺界能有今天的成绩，离不开我的夫人张百灵给予我的莫大支持。"1984 年央视春晚现场，在由我国台湾主持人黄阿原主持的现场观众互动游戏《母子连心》中，三对母子比赛包饺子。"我儿子姬晨牧和我夫人参与其中，这成了我们家宝贵的春晚记忆。"姬麒麟说。

今年除夕，姬麒麟与家人一起观看了央视春晚。"现在的演出内容更加丰富多彩，演出形式多样化。虽然没有机会亲临现场，但打开电视就可以看到高水准的、花样繁多的各式表演，感受节日的欢乐气氛，这是一种幸福，也是一种享受。"姬麒麟由衷地说，"感谢倾情献艺的同仁和幕后英雄，向他们致敬！"

李克：收到三个珍贵的春节礼物

"我收到了三个珍贵的礼物。"今年春节，对于中国交响乐团（原中央乐团）退休女中音歌唱家李克来说很特别。

"奶奶，我考了全年级第4名！"听着电话那头脆生生的笑声，李克不由得红了眼眶。谁能想到，这个名叫梁婧慧的13岁孩子刚刚经历了一场与白血病的殊死搏斗，而陪伴小婧慧战胜病魔的正是李克和女儿李舒曼。

梁婧慧来自山西省忻州市静乐县一个普通家庭，父亲是静乐县鹅城镇卫生院职工，母亲没有正式工作，几次化疗让这个家庭负债累累，病床上的梁婧慧越来越虚弱。李克一次又一次慷慨解囊、奔走疾呼，为梁婧慧筹措医药费。李舒曼更是三年如一日，把近半数工资每月定时打到梁婧慧的医疗账户上。

在这对艺术家母女的守护下，梁婧慧不仅康复了，还在去年9月重回课堂。梁婧慧说："我会好好学习、好好生活，不辜负李姑姑和李奶奶。"

从1995年起，原文化部对静乐县展开多种形式的帮扶，李克就参与其中。她为静乐组织了6支合唱团，每年有近一半时间在静乐公益支教，出资设立了静乐文化基金，获得"全国脱贫攻坚先进个人"荣誉称号。多年来，李克把爱心和艺术播撒在这片土地上。

另一个年轻人李彦韵，在去年6月以优异的成绩从大学毕业。大学4年，她的学杂费用都由李克资助。"李奶奶就是我心中的一束光。"李彦韵说，"是李奶奶让我看到了更广博的世界，让我懂得人生的意义在于奉献。"谈起未来，李彦韵说，她想回老家忻州当一名人民教师，并且已经通过了相关资格考试。"我想像李奶奶一样照亮更多的人。"她说。

大年初一一大早，李克还收到了俄罗斯格林卡国立音乐学院博士杜鑫的拜年短信："李老师，我在这里一切都好，请您放心。"一直以来，为了帮助杜鑫实现学业梦想，李克和李舒曼耐心辅导，尽可能地提供更多学习机会，只要北京有好的音乐会，李克就买好票，"包吃包住"，让杜鑫近距离观摩。走出县城，登上国际舞台，作为李克为静乐合唱团培养出的第一个博士，杜鑫成为团员的榜样。

"我始终坚信，艺术有直击人心的魅力、改变人生的魔力。"李克说，"看到孩子们成长，我就无比幸福。"

佟凡：台下观众的欢笑就是最大的回报

在表演艺术家、国家一级演员佟凡的记忆里，春节曾是一年中最忙的时刻。

1978 年，佟凡进入中国青年艺术剧院（后与中央实验话剧院合并成中国国家话剧院），从事话剧演出。从那时起，几乎每年春节，佟凡都在舞台上度过。"当时很多观众是远道而来、连夜买票来看演出的，我们一再加场，同时还要保持演出水准，就是为了对得起观众的支持和期待。所以，那几年春节对我和同事来说，都是一场场硬仗。"

20 世纪 80 年代，被很多人看作话剧艺术井喷式发展的"黄金年代"。佟凡担任主演的《泥人常》《迟开的花朵》《红鼻子》《蒙塞拉》等作品成为观众心目中的佳作，也是剧迷阖家团圆时的必备节目，一票难求。后来，随着电视、电影等行业的发展，话剧市场受到强烈冲击。"当时最惨淡的一场演出，台下一共只有 7 个观众。"那一年也是佟凡入行后第一次没有在舞台上陪伴观众过年。

"现在，话剧市场复苏，重新扮靓新春舞台。小剧场、沉浸式演出等丰富的形式如雨后春笋，演员回到剧场，青年观众也热情地拥抱话剧，我觉得是很幸福的一件事儿。"比起"艺术家"，佟凡更喜欢"文艺工作者"这个称谓。"作为演员就是要心里有观众。前辈教导我们，老老实实做人、认认真真演戏，服务社会、服务人民。这绝不是什么大话，而是职业和事业赋予我们的责任。"佟凡说。

佟凡是这么说的，也是这么做的。从 20 世纪 90 年代起，原文化部春节电视晚会等活动中，佟凡常担任主持，一干就是十几年。无论是大小舞台，佟凡都十分珍视。他跟随文艺队伍走基层、做公益，顶着寒风把文艺活动送到广阔的乡土中去，送到村民身边。佟凡用"奉献"形容一年年的坚守。"台下观众的欢笑就是最大的回报。"他说。

今年春节，佟凡又一次通过 2024 诗意中国·春节诗歌晚会等节目和一场场基层演出陪伴观众过年。"文艺能助力乡村建设，推动社会发展，提振人民精神，这是新时代文艺工作者必须承担的使命。走到人民中去，才能让我们更了解人民需求、更好地为人民服务，从而吸收更多养分，丰富自己的艺术。"佟凡说。

李元华：总在前行的人不会老

77 岁的歌剧表演艺术家李元华是民族歌剧《白毛女》中第二代"喜儿"的扮演者，还曾在京剧电影《龙江颂》中饰演女主角"阿莲"。在"欢欢喜喜过大年"的热闹氛围中，但凡登台演出，经典民歌《南泥湾》都是李元华的必唱曲目。在她眼中，《南泥湾》不仅是一首歌，更是一种精神的传承。"我们不要忘记这些久唱不衰的老民歌，今天的好日子都是自食其力、奋发图强的南泥湾精神的体现和诠释。无论哪行哪业的人，都需要这种精神的传承。"李元华说。

李元华闲不住，龙年春节前后相继跑了很多地方。"一边走一边服务基层，对我来说是最好的养生方式，而且心情很愉悦。"李元华告诉记者，"深入基层后，我发现老百姓的生活有很大改变，村村寨寨衣食无忧，同时，对文化艺术的需求也越来越旺盛。作为一辈子搞精神产品的人，我觉得很欣慰，要努力推出更多增强人民精神力量的优秀作品。"

2021 年 12 月，文化和旅游部为王铁成、李元华、李克、王慧中 4 位老艺术家举行入党宣誓仪式，李元华实现了入党夙愿。

"作为几乎与共和国同龄的人，我的艺术和生活经历就像是中国这些年的变化。"李元华说，"我很欣慰地看到今天的发展，看到欣欣向荣的好气象。同时，看到一些问题后，我会思考自己该做点什么。虽然年纪大了，还是希望自己不仅用歌声为社会服务，也用思想和热情去温暖需要帮助的人。"

这几年，李元华积极参加文化和旅游部老艺术家文化志愿服务工程，不遗余力地普及推广歌剧艺术，获得了"最美志愿者"殊荣。今年春节前夕，在广东省湛江市南庆村的村宴上，李元华看到村里1500个人的宴会秩序井然，惊讶于"和美乡村"无处不在的浓浓年味和乡里乡亲的质朴情感。在靠近海边的村农贸市场，放在案板上的鱼"啪啪"跳得老高，她的心仿佛也跟着跳得很高。无论是乡村安居乐业的繁荣景象，还是村民串门、拜年，欢声笑语不绝的热闹氛围，都深深地感染了李元华。她建议当地的企业家打造"山里人家"艺术殿堂，服务乡村群众，用多元的艺术让乡亲们的生活变得更美好。

李元华始终跟随时代的脚步辛勤创作。在党的十八大、十九大胜利召开，中国共产党成立100周年等重大节点，她均策划并导演了大型文艺晚会。她说："我还在不断学习，释放余热。精神健康了，才有身体健康；身体老了，思想不能老。只有在不断的追求中，才能让自己的生命变得更加充实和有意义。总在前行的人永远不会老。"

刘君侠: 唱到老学到老奉献到老

69 岁的男高音歌唱家刘君侠曾两次获得央视举办的
"全国青年歌手电视大奖赛"金奖,多次应邀参加中央电
视台春节联欢晚会并担任主唱。经刘君侠首唱的《大黄
河》《共和国之恋》等歌曲红遍大江南北。在他看来,如
今春节的文艺演出越来越多姿多彩,表演形式更贴近生
活,展现出文艺欣欣向荣、蓬勃发展的良好态势。

"在 1991 年的央视春节联欢晚会上,我演唱了歌曲
《大黄河》,那个年代的舞台声光电技术和录音水平跟现在
没法比。"刘君侠说,老百姓欣赏水平的提升,也倒逼着
演职人员不断提高业务能力。2024 年央视春节联欢晚会
加大了通俗歌曲和民族歌曲的比重,更接地气了。

早年,矿工出身的刘君侠经常深入基层,为煤矿职工
及家属演唱,积极参加各项公益性活动。如今,他每年都
参加文化和旅游部老艺术家文化志愿服务工程,深入机关
单位、大学、社区、养老院等地进行慰问演出。在基层养
老院,刘君侠与很多艺术家一起,给老人过生日。《艺术
家的奉献》是每场活动必唱的曲目,这首歌既是活动主题
曲,也是老艺术家无私奉献精神的生动写照。"艺术来源

于基层。在深入基层演出中，我们能深切感受到老百姓需要什么。他们很渴望艺术家到基层演出，因为这不仅丰富了他们的精神文化生活，同时也会提升他们的欣赏水平和文化修养。"

2024年1月22日，文化和旅游部老干部迎春团拜会在中国国家博物馆举办。一系列精彩节目中，刘君侠与男高音歌唱家黄越峰、女中音歌唱家李克、女中音歌唱家王红演唱的《艺术家的奉献》压轴登场。"迎春团拜会14点开始，9点我们就来到中国国家博物馆，找了一个角落排练。那天特别冷，大厅里没有暖气，虽然辛苦，但我们在排练时格外投入和认真，大家都感到参加这次活动非常有意义。"刘君侠说。

刘君侠正在把"民歌洋唱"的方法应用到演出实践中。"所谓民歌洋唱，就是用美声唱法去演绎我们民族的东西。通过不断实践，演出呈现效果非常好。艺无止境，我要与时俱进，唱到老，学到老。曲目、唱法、选材，都要不断探索和精心打造。"刘君侠说。

（作者：于帆　李荣坤　李欣然　张影　彭澳丽　王添艺　王伟杰）

⑨
中华诗词学会会长周文彰：
诗词精品的最终尺度在人民

在文化和旅游深度融合发展的当下，在人们追求"诗和远方"的过程中，创作出符合当代中国价值观念、体现中华文化精神、反映中国人审美追求的优秀诗词作品，是时代的呼声，更是建设社会主义文化强国中诗人的使命担当。

那么，该如何创作出更多诗词精品？中华诗词学会会长周文彰表示，中华诗词学会把 2024 年和 2025 年确定为"中华诗词精品年"，提出要以习近平文化思想为指导，坚持贴近时代、守正创新，普及与提高并举，在大力推动中华诗词普及的同时，把诗词精品的创作、筛选、推介作为工作重点，推动和引领中华诗词繁荣发展进入新阶段。

"要通过推动每个诗词组织都来写精品、选精品、推精品，树立精品诗风，推出一批正能量、有感染力、传得开、留得下，为人民群众所喜爱的作品。"周文彰说。

把出精品放在重中之重的位置

舞台朗诵很少选择当今诗词，书法作品很少抄写当今诗词，诗词鉴赏课很少涉及当今诗词，家长和孩子背诵诗词大多不选择当今诗词，当代文学史著作绝大部分不提当今诗词……说起当今诗词在现代社会中的作用，多少让人有些尴尬。周文彰指出："不夸张地说，现在全国每天产生的数以十万计的诗词，基本上是在诗人之间传播，没有走出诗词界的圈子，当今诗词在社会日常生活中严重缺位。"

形成这种现状的原因何在？周文彰分析，从源头上说在于诗人自己。第一，诗人发表的大量一般性诗词淹没了诗词精品；第二，新创作的诗词绝大多数只是在诗人之间传播；第三，很多诗人讲诗词鉴赏以鉴赏古人诗词为主，当代诗词比重不大；第四，诗词界有点矜持，很少推介当今诗词精品和当代著名诗人，不像文学界对名家大家，对优秀小说、散文、报告文学作品，能及时跟进进行评介、宣传。

在实际工作中，一些诗词组织活动不少、作品不少，外界却很少见到他们的作品，人们心里纳闷：这些人整天忙来忙去干什么呢？周文彰说，诗词作为文学的一个分支，不能仅仅满足于自娱自乐，诗人写诗要追求得到人民群众的喜爱，要为丰富人民群众的精神生活而写作，要为创造属于我们这个时代的新文化而出力，为建设社会主义文化强国作出贡献。

"所以，一定要把出精品放在诗词工作重中之重的位置。"周文彰说，只有精品才能打动人、感动人、熏陶人、教育人；只有精品才能广泛传播，让人们喜闻乐见。

周文彰说："抓诗词精品的意义不仅在于诗词本身，还在于其与国家和民族的紧密关联。"只有精品才能传世。大浪淘沙，对当代诗人来说，只有创作精品才能名传后世，只有精品才能走向世界。文艺是不同国家和民族相互了解和沟通的重要方式，推动中华文化"走出去"必须有好的作品。

鼓励"吟安一个字，捻断数茎须"

抓精品要把抓创作作为切入点。创作抓不好，精品的筛选和推介就成了无源之水、无本之木。

抓创作，要从诗词组织做起。中华诗词学会大力提倡各级诗词组织抓精品创作，根据自身条件定期编印（或出版）精品诗词集。各单位会员（即各省区市诗词学会）着力推动和督促抓精品、出精品，形成层层推进的良好局面。目前，第十届"华夏诗词奖征稿"工作已经开始；中华诗词学会正在组织学会导师研学班面授教学活动；《今诗300首》的定稿出版工作正深入推进。

中华诗词学会所属的精品研究、创作、评论、散曲4个专业委员会分别制定了工作方案，将各负其责，抓好"中华诗词精品年"有关工作的落实。北京、山东、内蒙古、安徽、河南等地诗词组织已拿出落实方案。

周文彰说，出精品还要从诗人个体做起。诗人个人是精品创作的主体。诗词组织抓精品创作，抓的是诗人个体；激励精品创作，激励的也是诗人个体。诗人个体要走出"诗作多少说明水平的高低""写得越多说明水平越高"的认识误区。

在周文彰看来，当下好诗词很多，一些在比赛中脱颖而出的诗词，就堪称佳作。例如《卜算子·咏环卫工》："扫亮满天星，扫醒云中月。扫过漫漫春与秋，多少花和叶。不怕雪霜寒，不怕骄阳烈。不怕沾衣汗与尘，只要人间洁。"读来让人赞不绝口。

"'孤篇盖全唐'的说法虽然有点夸张，但诗人张若虚的确凭一首《春江花月夜》就名垂千古了；词人李清照也只留给我们几十首作品。能证明自身水平的，最终不是诗词数量，而是质量。"周文彰说。他鼓励诗人养成"吟安一个字，捻断数茎须"的写作态度，告别随意而作、粗制滥造，把创作诗词精品作为永恒的追求。

衡量诗词精品的标准是什么？在周文彰看来，诗词精品的最终尺度在人民，要以人民喜欢不喜欢、欢迎不欢迎、欣赏不欣赏作为最终标准。同时，人民中也自蕴精品诗词创作力量。

"泥腿跨进文化门，荷锄有兴吟诗文。街上才搭诗曲台，田头又闻平仄声。"广袤的中华大地活跃着不少基层诗词组织。上面这首诗就是山西省原平农民散曲社的作品，社址在原平市王家庄乡的永兴村。

在原平，农民散曲社开展了多种多样的创作活动，比如"夫妻同写诗""姐妹齐登台""父子打擂台"等散曲比赛；开设了传统文化大讲堂，免费为社员进行辅导，现已举办1000多场；先后出版了《兴农曲》《和谐之歌》《山水情韵》等十多册农民诗曲集……散曲文化像一阵清风，吹进了原平农民家。

周文彰说，要关注基层诗社，积极从中发掘精品诗词创作资源。

推动当今诗词"出圈"

创作和筛选出精品，就要推介，不推介就如同深藏闺阁而无人知晓。没有读者与之共鸣，诗词创作的价值便大打折扣。

过去，图书、杂志、报纸、电台作为诗词传播的重要途径，在推动诗词传承发展方面发挥了重要作用。但这种传播方式主要服务于诗词名家、大家。放眼全国，更多的诗人还是缺乏展示自我才华的平台，有的诗词作品要推出还需要找赞助，出版后的销路也是一个问题。

周文彰早就注意到诗词的传播范围出了问题：一直没能"破圈"。他呼吁诗人走出自我的圈子，走出诗词界的圈子，发挥诗词的社会作用。

"中华诗词精品年"的实施方案中提出，要利用各种媒体，如电台、电视台、报刊、网络平台，以及歌舞媒介等，大范围、全方位地宣传推广当代精品诗词。中华诗词学会网站和微信公众号以每月一期30首的容量增加精品诗词推荐窗口，《中华诗词》杂志将开设优秀作品专栏。

党的二十届三中全会审议通过的《中共中央关于进一步全面深化改革、推进中国式现代化的决定》提出进一步全面深化改革的重大原则，其中一条就是"坚持守正创新"。

"守正，就是坚持真理、恪守正道。正道的具体内涵，在不同领域所指不同。政治上指正确政治方向、正确政治道路等；文化上指中华优秀传统文化的原则、法度等。诗词创作上的守正，就是要恪守这些正道。创新则是勇于探索、打破常规，开辟新境界、创造新事物。"周文彰说，"在守正的前提下，我主张诗词题材要创新、诗词语言要创新、诗词评价标准要创新、诗词传播范围和传播手段要创新。"

近期，中华诗词大数据建设研讨活动举办。对于借助互联网、大数据开展诗词工作，周文彰建议：第一，各诗词组织要增强互联网思维、大数据意识，重视、适应、利用互联网，共建共享数据库；第二，要统一构架，共同发力，建设中华诗词数据库，如共建全国诗词媒体数据库、全国诗词组织数据库、全国诗人词家数据库、全国诗词著作数据库等；第三，要善于综合运用各类媒体，特别是发挥新媒体的作用。

"现在已经出现诗词组织和个人利用短视频等新媒体发表诗词、赏读诗词、宣传诗词活动的现象，但可视性、吸引力还有待加强。"周文彰说。

（作者：党云峰　李雪）

⑩

芭蕾舞系来了"马主任"

—— 知名舞蹈家马拉霍夫入聘北京舞蹈学院

在北京舞蹈学院芭蕾舞系主任聘任仪式上，弗拉基米尔·马拉霍夫教授成为该院首个外籍系主任。

马拉霍夫对中国观众而言是个熟面孔。他是国际知名舞蹈家，曾任欧洲舞蹈协会荣誉主席，他开创了柏林芭蕾舞团并将其打造成世界顶尖舞团之一。他曾多次在中国演出，包括于 2013 年率领柏林芭蕾舞团在国家大剧院上演《马拉霍夫和朋友们芭蕾精品荟萃》与新编芭蕾舞剧《舞姬》。2014 年，他担任北京国际舞蹈院校芭蕾舞邀请赛评委，并在北京舞蹈学院开设大师课。自 2016 年起，他在中国多个城市演出，为辽宁芭蕾舞团排演的《天鹅湖》备受赞誉。2022 年，他接受北京舞蹈学院邀请，成为全职教授。

"我去过很多国家和地区演出，但中国对我而言是一个全新的篇章。到中国之后，每天都有很多新事物等着我去发现、去体会、去思考，也有很多事情会激发我的创作灵感，给了我很大的鼓舞。中国充满了新奇和吸引力。"马拉霍夫说。

对于北京舞蹈学院"为人民而舞"的宗旨，马拉霍夫十分认同："它与我的艺术创作和教学理念不谋而合。在加入北京舞蹈学院之前，我始终致力于为人民大众跳舞，而非个人独舞。"对于中国题材的芭蕾舞作品，他也情有独钟："我计划创作一个专属于北京舞蹈学院的作品，我相信这部作品将用芭蕾的语言讲述中国的故事，不仅能够打动我，也能够打动中国人民。我希望能够多创作这样的作品，让中国的芭蕾走向世界。"

在北京舞蹈学院，学生们亲切地称呼马拉霍夫为"马老师"。对待教学中的问题，马老师眼光独到，一针见血。他认为，芭蕾不仅是技术展示，更在于讲述故事。舞者需展现情感和面部表情，通过丰富细腻的肢体语言，传达舞蹈背后的内涵。

在教学实践中，马拉霍夫发现，不少中国学生跳舞时下半身技巧尚佳，但上半身表现僵硬，常忽视呼吸与柔软度的提升，过于注重腿部动作，而上半身僵硬导致观众更易挑剔其下半身的细节。"上半身若无法良好发挥作用，则舞蹈'灵魂'无法展现。"他说。

为此，马拉霍夫特意选拔芭蕾专业的学生组建了拔尖班，通过开放、灵活的教学形式，提升学生技术技巧、表演能力和创新思维，传授细节处理和戏剧表演技巧，引导学生探索芭蕾艺术的"灵魂"。

"马老师每堂课都会围绕一个主题动作或是一个特殊音乐节奏展开，每个组合都以其为中心，做针对某部分的训练。在课上，我们必须时刻集中注意力，生怕一不小心就错过了马老师传授的'秘籍'，做组合练习时，也是一丝一毫都马虎不得。特别是每次课前收到的组合速记挑战，这是马老师拔尖班课程的一项特色，花样复杂的动作和百变的节奏处理，让我们提前进入专心致志的状态，为接下来课堂训练做了个热身活动。"北京舞蹈学院芭蕾舞系 2021 级学生何雨桐说。

在第十三届"桃李杯"全国青少年舞蹈教育教学成果展示活动中，何雨桐参与演出双人舞《睡美人》。"在每次排练中，马老师对细节的要求往往会是一个眼神或者一刹手脚配合的时间，又或是一次呼吸的气口。尽管这都是一些很小的改变，却让表演变得更为细腻、耐人寻味，更加贴合人物形象。"何雨桐告诉记者，马老师教会她更多地用心去跳舞，懂得真正从内心去体会人物的心理活动，将自己与角色融为一体，而不是让表演浮于外在。她认为这一点对整个表演乃至今后演绎其他剧目时都是不可或缺的。

"在'桃李杯'中获奖的学生属于优秀学生，但新生需要适应期。在训练时，我强调思维和大脑的训练。为加强专注度，我设置难度，如面对面训练，甚至给男女学生不同的组合动作，以考验其专注和记忆能力。"马拉霍夫说，"作为艺术家，我需要用独特的方式来鼓励学生。我的训练方式旨在让他们强大，适应未来舞团中的竞争，成为优秀舞者。我的目标是让他们为未来的职业生涯做好准备。"

马拉霍夫积极倡导学术创新和艺术实践的国际合作，引进全球优秀艺术资源，鼓励学生参与国际竞赛。今年，为庆祝北京舞蹈学院建校 70 周年，他特邀三位国际知名编导创作作品，由学院学生出演。

"我认为在芭蕾舞系中，一个有效且易行的方式是送老师出国学习，融入国际学术体系。同时，也要引进国外优秀教师，并与本国优秀教师进行交流互动，提升学术质量。这样的交流将提升中国的学术声誉，在国际舞台上获得更多的话语权。在此基础上，也可以更好地传播中国的经验和价值。"马拉霍夫说。

（作者：王伟杰）

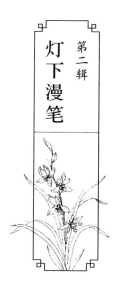

① 怀念阮元

高洪波

老实说，我乍见到这厚厚的一大本《德政纪实诗画册》时，觉得名字有些古怪，尤其"德政纪实"四个字，透着吹捧的气息，内心很不以为然。

这本有着楠木夹板的八开大小的诗画册，由一位名叫阮元的人所拥有，里面有序有跋，有诗有文，还有装裱精美的六帧彩绘图画，且系绢本，透着古意。无论画与诗，均以六件事为主题，一曰"学海文澜"，二曰"桑园沃野"，三曰"风檐增拓"，四曰"米舶遥通"，五曰"墩台控制"，六曰"峡路安便"。而且，绘者与诗人均极谦恭，落款之前必有"钧诲"二字，落款之后定书"恭呈"，可见阮元这位受赠者当时地位之高。当然，这是近 200 年前的事了。

这批作者，据我粗略统计，有南海的谭彦光、陈昌运、陈霖泽与陈华泽，有顺德的邓泰、赵均、陈滉，还有番禺的黄乔松，在书画界都不太著名——至少在我请教文物专家史树青之前是这样认定的。

史树青先生看到这本册页，略一翻阅，便大加称赞，说有历史价值，因为阮元是清代一位名宦，他曾在清嘉庆二十二年（1817 年）至清道光六年（1826 年）的 9 年时间，担任过两广总督的要职，同年调任云贵总督。史树青还告诉我，清代有 3 位官员对广州贡献最大，一位是林则徐，一位是张之洞，另一位就数阮元阮芸台了。"你可知道阮元为什么要调离广东吗？"史先生问我。看我一脸茫然，他笑着说："阮元患了脚气病，久治不愈，只好离开广州。"

为什么这本册页有历史价值？一是因为其独特性，世上仅有一份存在，是阮元离粤时当地的士绅主动绘赠给他的，不可能有第二本；二是因为其历史性，因为绘画中保留了距今 170 多年前广州的风貌，尤其在"米舶遥通"一图中，有当年航船到斯里兰卡运粮的画面，"这些船的造型对于造船业很有参考价值"，史树青先生指点着陈滉绘制的对开彩图，兴致勃勃地说。

说这话时是1992年2月，一个寒冷的傍晚，史树青先生打开了话匣子，我则从中感受到扑面而来的历史气息。我知道这一本《德政纪实诗画册》注定有一天要被披露出来，为170多年前那份感激和由衷的敬意，也为谭彦光、邓泰和黄乔松、陈华泽献给阮元的秀才人情。

为什么是秀才人情？一个封疆大吏，治理了九年的两广地面，声威显赫，送行之人何止高官显贵，送别礼物也一定争奇斗艳，可这几位广东朋友一合计，送了这样一份礼物给阮元，称得上是别具一格、匠心独运。

关于阮元其人，由于这本《德政纪实诗画册》，我开始留心起来。我知道他是学者型的官吏，记得大学古典文学中有一则小考题，问《十三经注疏》的作者，答案正是这位阮元。另外，我还知道阮元好古成癖。据说，一次他的弟子开他玩笑，把通县烙的烧饼拓成拓片，说是古文字，让阮元琢磨了一晚上，最后真的认定是高古的文字，珍惜不已。此故事见诸《清稗类钞》，属野史。正史记载的阮元，25岁中进士，任翰林院编修；27岁大考翰詹，取得一等第一，乾隆皇帝对他极为欣赏，任命其为少詹事、南书房行走。阮元少年得志，当过山东学政、浙江学政，任过兵部侍郎、礼部侍郎、户部侍郎和浙江巡抚等。

唯一的一次宦途失意在清嘉庆十四年（1809年），因为一位同年进士刘凤诰被人参劾，阮元没有按皇帝旨意严加参奏，反而帮助解释，用今天的话说是照顾老同学的面子，结果被嘉庆皇帝责备"止知友谊，罔顾君恩，轻重倒置"，从浙江巡抚任上被夺职回京。不过很快又被重用。

阮元生于1764年，卒于1849年，活了86岁，谥文达。

阮元不讲排场，如虽高官耆寿，却从不做生日。40岁是庆寿重要年纪，他却在正月二十生日这一天离开浙江巡抚衙门，到海塘工地巡查，以避祝寿。以后莫不如此，"每于是日谢客，独往山寺"，作竟日之游。这就是阮元的性格，也许正是这种恬淡的性格，使他赢得了广州人民的爱戴。

阮元出任两广总督近十年，时间正值鸦片战争前的十几年，他处理过涉英的事务多起，主张采取强硬态度，这本诗画册中的"墩台控制"，涉及的正是海防边防建设。他曾将一个打杀中国妇女的英国凶手绞决抵罪，不屈于外界压力；同时严禁鸦片走私，经办了走私的洋行商人伍敦元案件。从这一系列行为看出，阮元是个明智、清醒的爱国主义者，是林则徐的前驱和战友。

《德政纪实诗画册》记述了阮元主政时为广州人民做

的六件大事："学海文澜"指的是兴办教育；"桑园沃野"指的是鼓励农桑种植；"风檐增拓"是为贫苦百姓盖房子，用现代语言讲是加强市政建设；"米舶遥通"指的是拓展外贸，从斯里兰卡（时称狮国）买粮；"墩台控制"指加强虎门炮台的火力控制，抗击英国侵略者；"峡路安便"是开辟西灵峡一带的道路交通。

以上是我个人的理解，为方便读者，我抄录六首南海陈霖泽的咏诗，可以窥出内中含义：

《学海文澜》——"阁建钟元气，堂开聚大观。百川正东下，只手挽狂澜。"

《桑园沃野》——"千里河如带，桑麻与稻齐。嘉名如肇锡，合署阮公堤。"

《风檐增拓》——"广厦千间庇，风檐万瓦新。公门尽桃李，衣钵属何人。"

《米舶遥通》——"玉粒获阳侯，浪静鱼龙拜。风雪运粮图，底用松年画。"

《墩台控制》——"猛士肃弓刀，重关胜虎牢。太平需武略，铃阁运龙韬。"

《峡路安便》——"岭娇开凿功，曲江与公也。体此利济心，深期后来者。"

诗句未见奇崛，但写于白绫上的字一笔不苟，典型的清代"馆阁体"，秀丽端庄，传达出 170 多年前这位南海才子的一片虔敬。

阮元的确了不起，写下并传下这本《德政纪实诗画册》的广州先贤也让人钦敬。至于这件文物是如何流传下来的，就不得而知了，许是阮家后人出售的吧？遥想当年尚无照相技术，这六帧彩绘广州昔日诸多景物的画面，从此成为一种绝唱。

蔷薇忆忆更妖娆

—— 浅议王蒙新作《蔷薇蔷薇处处开》

崔屹然

2024 年新年伊始，《十月》杂志 1 月号以头条发表了王蒙的中篇小说《蔷薇蔷薇处处开》。它是王蒙刚刚度过从事文学 70 周年、始入鲐背之年后，首次郑重推出的精心之作。2023 年《小说选刊》10 月号刊出他的中篇《季老六之梦》时，王蒙在"创作谈"中透露，已于 8 月又完成了一个新中篇，为了不与《季老六之梦》撞车、自卷自拼，遂决定捂一捂，暂不发表。4个月后，盖子揭开，《蔷薇蔷薇处处开》立即引起了文坛关注和读者热议。该小说的主题要义是什么？作者想告诉读者些什么？笔者对此试谈三点浅见。

第一，坚持循名责实，反对虚论浮谈

小说以1985年WM率领作家代表团访欧为切入口，叙述了一批知名作家从盛开的蔷薇，到39年后的渐次凋谢、"依恋落红伤情"的悲欢故事，重点塑造了知名作家雄雄、鸣鸣、翩翩以及月如星、端端、呼呼呼、翻译何哥哥等人物形象。作者回忆追述的心情非常复杂，有想象，有深情，但是也"有遗憾，有叹息"，乃至"刺刀见红揭穿"。有什么需要揭穿的呢？小说讲述了报告文学作家雄雄事实不清、持论不公、大言炎炎的故事。小说第二十三、第二十四节之间，作者特意加进去一段往事。说是1981年年底到1982年年初，WM和雄雄接到任务，一同到广西南宁采访宣传某青年女劳模。一接触实情，才得知青年女劳模和另一位大姐劳模有矛盾，先前媒体宣传青年劳模，硬把大姐的先进事迹安到妹妹劳模身上去了。雄雄立即选边站队，"毫不犹豫地喜妹憎姐，天天与青年女工一起研究该中年女工的或有或无的缺陷"。WM建议与大姐见面，兼听则明，弄清事实，协调双方，但雄雄毫无循名责实之意，他拒绝了，理由是：时间太短来不及，何况他与妹妹劳模及其密友们谈了几天，已对大姐劳模的狭隘自私缺陷做出了结论，这时再与其对立面交往，似乎不太局气仗义。"'我的妈呀！'听了呼风唤雨、撒豆成兵的大师雄雄的逻辑，WM几乎晕过去，再劝，不听，再再劝，再再不听，WM绝望了。"雄雄的处事后果，自然麻烦无穷，一地狼藉。当他俩乘火车离开南宁时，站台上出现了一群为大姐劳模鸣不平的女工，情绪激动地要求向雄雄当面"汇报"。幸有维持秩序人员帮忙，雄雄才没有误了火车。雄雄惹的麻烦，并不限南宁一地，他采写了东北，便再不能去东北，采写了江浙，便再不能去江浙……尽管偏听偏信，事理不明，甚而主题先行，"不接地气闹天气"，但是雄雄信口开河、大言雄辩的文章，"自有粉丝下跪夸"，依旧获得不少掌声喝彩。

这正是值得特别反思警醒的地方。王蒙在《蔷薇蔷薇处处开》创作谈中指出，他的回忆"已经留下幼稚与愚蠢的疤痕，叫作纠错性回想"，并引用捷克作家伏契克的话疾呼："人们，我是爱你们的，你们要警惕啊！"王蒙曾在《我的处事哲学》一文中，主张不要被大话吓住："因为发明一句话而搞得所向披靡者，多半大有水分。大而无当的论断下边不知道有多少漏洞和虚应糊弄。"这是他从生活中研磨出来的，也是他坚决捍卫的人生信条。

第二，认同理性与善意，拒绝偏执和怨毒

红颜薄命的女诗人鸣鸣，是作者着墨多、痛惜也多的人物形象。鸣鸣的薄命，主要是爱情遭际坎坷。1971 年，在五七干校，鸣鸣爱上了她的男神 SS。SS 是名牌大学出身、"一二·九运动"时参加过地下党的领导干部。因 SS 当时有家室，鸣鸣单恋、苦恋了 27 年，"她恋得痛苦执着、她爱得专一坚守、她情深如 11034 米马里亚纳海沟斐查兹海渊"。王宝钏苦守 18 年，而鸣鸣苦盼了 27 年。改革开放后，鸣鸣的诗作霞光万道，名满天下，文学梦实现；多年后苦尽甘来，终于和 SS 结婚，爱情梦也实现了。意想不到的是，一旦成婚，爱情却立即变味变色了。原先崇拜的男神 SS，完全不符合她的配偶理想，也不过是个未摆脱"低级趣味"的须眉俗物罢了。鸣鸣觉得冤枉、吃亏以及被迷惑、被欺骗、被背叛了，于是满怀悲愤与绝望地分离，并将一腔怨毒字字血泪地写进了作品里。

小说赞赏鸣鸣的才华与风采，但不认同她对待生活的偏执与怨毒态度。WM 认为，让鸣鸣婚后反感乃至痛恨的 SS 所为，都是生活常识之内的正常行为，鸣鸣的怨恨是自寻烦恼、无事生非。鸣鸣的悲剧，来自她生活观的偏执与极端。以文学中提纯了的至纯至美的爱情为尺子来衡量自己的现实婚姻，不免矫情，她的敌人恰恰就是生活。小说写道："毁灭爱情的一个妙法就是爱情乌托邦主义，爱情原教旨、爱情排他主义。正如搞垮社会主义的人不仅是反社会主义者，也包括用空想社会主义取代科学社会主义的人。"

由偏执生怨毒，乃至将怨毒刻骨地写进作品，王蒙也不赞同。早在 2002 年，他在《极限写作与无边的现实主义》一文中评长篇小说《无字》："哪怕是比上不足比下有余的老思想，也比老那么怨毒好。""回忆起过去是平静地微笑好还是无限委屈痛苦的好？人是不是总应该心存感激和心存畏惧呢？"2004 年，王蒙总结一个甲子的人生经验，认为理性原则是健康的，胸怀宽广是健康的，提倡常态或常识原则，认同"人类的世俗性"，主张"善意，与人为善"，尤其强调"不要相信极端主义与独断论"。王蒙是以一生的经验写呜呜的，是以诤友的善意写呜呜的，因而他坚持己见不动摇，并在小说第十五节中，写下了"吾爱吾诗友，吾爱真理真"的诗句。

这里需要补充说明，王蒙虽然认同"人类的世俗性"，但不赞同庸俗滥俗。小说中另一位着力描写的人物翩翩，风流才子，小说不断，绯闻灿烂，毫不掩饰其"偏于庸俗低下的性情观与生命观"。作者对其更多的是"幽默性回想"，并一口气赠给他 19 副挽联（思念联），联联精彩，不妨择第一、第二联赏之："经蹬经踹，经盖经铺，翩翩浊世界佳公子也；经拽经拉，经洗经晒，落落榴裙边赖暖男乎？""受苦得其乐，蒙哀获其欢，君岂怂包孬种？逢凶化之吉，遇难呈之顺，尔自吐气扬眉。"确是融讽刺、打趣、嗟叹、痛惜和怀念于一炉了。

第三，把小说写成音乐

不知是巧合，还是编辑的巧妙安排，《十月》刊登《蔷薇蔷薇处处开》，紧挨着刊发的是西班牙作家安德烈斯·伊巴涅思的小说《一种更高的生活》。译者杨玲序道，"安德烈斯·伊巴涅思想写的并不是小说，而是音乐，或者说，是一部像音乐一样的小说，用他自己的话说，是'把小说写成音乐'"，并使人们"感受到这种更高的境界"。王蒙引为知音，随即在 2 月 4 日《文汇读书周报》上发表《把小说写成音乐》一文，称"但像音乐一样的小说，极有吸引力，那就是把自己的小说作品写得像音乐一样动情无言，一样纯洁透明，一样震撼多姿，一样开阔无边，一样八方四面、天花乱坠；像音乐一样穿透灵魂，深入灵魂"。应该说，《蔷薇蔷薇处处开》便是这样一部像音乐一样的小说。

小说名《蔷薇蔷薇处处开》，即一首王蒙少年时期的流行歌曲，由知名歌星龚秋霞唱红。小说开篇以此歌寄兴，歌词在小说进行中不断复沓改写，全篇充满历史的沧桑感和深沉怀旧的调子。

小说中涉及的音乐，当然不止这一首歌，据笔者统计，全文明确写出音乐名称的竟达 69 首，包括《一对对绵羊并排排走》《秋水伊人》《罗刹海市》《99 个气球》《美丽蓝色多瑙河舞曲》以及李焕之的《春节序曲》和普契尼歌剧《托斯卡》的咏叹调等。王蒙坚信音乐是一切艺术的本质与灵魂。他曾坦言，音乐"有时候是我的作品的一个非常重要的、头等重要的部分"。将小说写成音乐，是王蒙 70 年文学的不懈追求。他的第一部长篇小说《青春万岁》，其叙述结构受到肖斯塔科维奇交响曲的影响；短篇《组织部来了个年轻人》，动情地描写了听《意大利随想曲》的情节；短篇《歌神》《如歌的行板》《春之声》，直接用某部音乐或其片段命名。王蒙在写作中追求音乐的节奏性与旋律性、结构与手法，追求音乐诚挚的美。他曾评价自己的作品，《夜雨》是钢琴小品，《夜的眼》是大提琴曲，《海的梦》是电子琴曲，《蝴蝶》是协奏曲。《蔷薇蔷薇处处开》，笔者以为则是以一首怀旧老歌为前奏，融怀旧与咏叹、冲突与和谐、喜谑与悲悯、现实与梦幻于一体，时而大弦嘈嘈、时而小弦切切、时而如泣如诉、时而慷慨酣畅的史诗交响。这样一部交响曲于新年伊始、新春临门、蔷薇又将盛开的时刻奏响，是今年中国文坛的一桩开篇盛事，是一首令人悲欣交集、魂牵梦绕的序曲。"蔷薇忆忆更妖娆"，小说里的这句诗，正是我们所翘首期待的更美春景。

3

那年三月的一天

艾克拜尔·米吉提（哈萨克族）

那是 1979 年 3 月的一天，乌鲁木齐的天空飘着雪花，而院子里的雪却已开始融化，小路上湿漉漉的，一片泥泞。我们参加《新疆文艺》编辑部组织的新作者学习班（那会儿还不叫笔会）的作者，住在新疆乌鲁木齐市新华南路的自治区人事局干部招待所。

那天上午，王蒙老师从北京回来办理相关调动手续，正好出席我们这个学习班的开班仪式。韩文辉是当时《新疆文艺》的主编，由他主持这个开班仪式。编辑部的小说组长都幸福、诗歌组长郑兴富都在班上。当时的文联党组书记王玉胡出席仪式。

　　参加学习班的作者有我和周涛、周政保、文乐然、肖陈等人。那时党的十一届三中全会精神春风化雨，正在滋润着祖国大地。一大批"右派"帽子被摘，冤假错案得到彻底平反。王蒙老师正是得到落实政策后，要调回北京作协。

　　还在院子里，就见到了刚刚下车的王蒙老师。自1973年4月至5月我在伊宁县吐鲁番于孜（时称红星公社）作为新闻干事替代翻译接待过他们那批"三结合"创作组以来，已经过去快6年了（我从兰州大学中文系毕业，已经在伊犁哈萨克自治州党委宣传部工作好几年了）。王蒙老师一见到我就说，你的小说《努尔曼老汉和猎狗巴力斯》我看了，写得好。此时《新疆文艺》1979年第3期刚刚出来，没想到王蒙老师这么快就读过了。王蒙老师的首肯让我内心很激动，进一步坚定了要走文学创作之路的决心和信心，他在学习班上的演讲，更为我们打开了眼界和思路。

　　王蒙复出文坛后，《最宝贵的》获得1978年全国优秀短篇小说奖。在此之后，他的作品如同井喷，短篇小说《夜的眼》《风筝飘带》《春之声》《海的梦》、中篇小说《布礼》《蝴蝶》相继问世，他的作品不断轰动文坛，并引起全社会的关注。那时候，文坛的轰动效应非常强烈。正如王蒙老师在《王蒙自述：我的人生哲学》中所言："《夜的眼》一出，我回来了，生活的撩拨回来了，艺术的感觉回来了，隐蔽的情绪波流回来了。"

这一次的《新疆文艺》学习班，让我有了全新的收获，不仅见到了阔别多年的王蒙老师，聆听了他的演讲，还结识了一批来自新疆各地的作者，和他们进行了无拘无束的交流，拓展了艺术视野，进一步激发了创作激情。我在学习班上就开始新的创作，这一年接连在《人民文学》《新疆文艺》上发表了《权衡》《哈力的故事》《九十九张牛皮堵住的风口》等短篇小说。

1980年3月，我途经乌鲁木齐（前往北京领1979年全国优秀短篇小说奖），顺便到位于民主路22号3层的《新疆文学》（1985年改为《中国西部文学》）编辑部拜访。此时，韩文辉已调往新华社新疆分社，编辑部由陈柏中负责。在这里，我得到了一个喜人的消息：中国作协文学讲习所已经恢复（1956年反右时第四期文学讲习所停办），第五期文学讲习所已经录取我为学员。他们说，全新疆就录取你一人，这也是我们新疆文坛的骄傲。我说我只是为去北京领奖请了假，如果留在北京学习，不知道部里会不会同意。他们说，这是好事，你放心去，我们让自治区党委宣传部打电话过去通知他们。这让我内心很温暖、很感动。应当说，新疆文联和麾下的《新疆文艺》《新疆文学》成为我在文坛成长道路上强有力的推手。

《新疆文学》1980 年第 3 期正好刊出了我的新作《雄心勃勃》。那一天，我在《新疆文学》编辑部领取了新的稿费，在编辑们的鼓励下，花 160 元买了一张飞北京的机票，乘坐一架三叉戟飞机飞往祖国的首都。

这是我第二次来到北京（1976 年 2 月，我们兰州大学中文系的几位同学趁着寒假结伴而行，曾游历北京、天津、邯郸、西安等地）。我们被安排在位于崇文门的向阳二所，也就是现在的崇文门饭店。我和冯骥才、张弦、张长住一个房间，那时候就是这样，很俭朴，一个房间四张床，四个人同住一间房。

第二天，在人民大会堂接受颁奖时，我又遇到了王蒙老师。他的小说《悠悠寸草心》获得了 1979 年全国优秀短篇小说奖。我发表于《新疆文艺》的处女作《努尔曼老汉和猎狗巴力斯》也获此殊荣。从此，我的文学生命便与《新疆文艺》紧密相连。

下午，在向阳二所对面的北京新侨饭店参加座谈会时，我再次见到了王蒙老师。开会之前，他对我说："艾克拜尔，出版社要出版这次的获奖小说集，他们让我看了一下你的获奖小说，我在个别之处做了一下修改，你不会介意吧？"我说："怎么会呢，谢谢您替我把关修改。"他又说，其实写小说用不着那么多民谚，民族风格不是靠民谚体现的，要用细节。听了这一席话，我茅塞顿开，彻悟了写小说和体现民族风格的关键所在，受用一生。

我和陈世旭被直接从向阳二所接到位于朝阳区党校的文学讲习所。在这里，我们和后来叱咤文坛的蒋子龙、王安忆、张抗抗、叶文玲等作家共同学习了 4 个月。我和陈士旭还在叶文玲的带领下，到沈阳军区采风体验，去了一个多月。当第五期文学讲习所学习结束后，途经乌鲁木齐时，我第一个寻访之处，便是位于新疆文联那座老楼 3 层的《新疆文学》编辑部。

一条行走了一万年的文化路

—— 北京中轴线的前世今生

刘汉俊

北京中轴线从元代起笔，经元、明、清 3 个朝代 40 多位帝王，接续而成，历时 600 多年。世上有许多城市，每个城市有自己的轴线与风景。北京中轴线不仅与巴黎、柏林、华盛顿、巴塞罗那、堪培拉等城市中轴线有异曲同工之妙，更有自身鲜明的民族特征和文化特色，是漫长岁月的劳动创造和智慧结晶。

土与木的千秋万代

"上古穴居而野处，后世圣人易之以宫室，上栋下宇，以待风雨……"这是对上古时期人类居住生活的描述。

人类的祖先经历过"穴居""巢居"的生活。在大树的枝干之间搭建起可以栖息的窝居，"聚薪柴而居其上"，像鸟巢，或有绳梯，能爬上爬下。其干爽、风凉，可以防虎、防狼、防潮湿。空中巢居，养育了我们的南方先民。住岩洞、挖地穴、喝矿泉、吃烧烤，穴居能防御猛兽动物的侵害、风霜雨雪的侵袭。平原、草原、高原的洞穴和半地穴，护佑过我们的北方先民。"散居山洞间，依树层巢而居"，原始的浪漫，陪伴了人类的童年，黄河、长江流域是中华先民的家园。

"上古之世，人民少而禽兽众，人民不胜禽兽虫蛇"，韩非子说。这是我们悲苦的先民最大的威胁和灾难。在这个时候，中华民族总有先圣出来，拯救万民于水深火热。轩辕氏带领民众播种百谷草木，"始制衣冠、建舟车、制音律"，让民众"始有堂室，高栋深宇，以避风雨"；有巢氏带领民众构木为巢、掘土为穴，以避群害，实现安居乐业；燧人氏发明了"钻燧取火"，使民众免除"腥臊恶臭而伤害腹胃"之苦；伏羲氏"教民结绳，以作网罟，捕鱼猎兽"，还"义尝百药而制九针"治病救人；神农氏教人种庄稼、识草药、制陶器。他们是远古胞族、部族或者部落联盟的首领，是神话传说中的英雄与神明，是中华民族的人文始祖。

石斧石锛被打制，磨制石器被发明。人们可以在树下刨坑、打桩、立柱，于是出现了橧巢、栅居、干阑等竹木建筑。穴居的人们可以用新磨制的石器，把自己的洞穴打造得更加舒适、温暖、美好。从横穴、坡穴、竖穴，到带顶盖的半穴居、口袋状的半穴居、直壁式泥墙体的半穴居，人类的栖身处开始破土而出、落地而立了。

1万年前，向往美好生活的人类，不约而同地走出洞穴、走下巢窝，选择平整、空旷，有日照、有水源、有瓜果作物的安全地带，开始"筑土构木，以为宫室"。人类的土木工程由此开端，延续万年。人类建成了原始的住宅，建立起氏族聚落，一同迎接新石器时代的曙光。从穴居、巢居、野居走向宅居，人类在进步。

9000年前，不知来自哪里的先民，迁徙到河南舞阳的贾湖。

　　他们掘地挖洞、构筑房舍，外出狩猎采集、捕鸟捉鱼，学会了种植水稻、驯养家畜，还炼土为陶、磨石成器、契刻字符，甚至钻骨为笛，吹起了七音曲，表达对田园生活的满足和爱意。在1500年之后，贾湖先民神秘地消失了，但他们留下的灰烬告诉我们，这里曾有烟火，是新石器时代最早的聚落之一。从散居走向聚居，人类在进步。

　　7000年前，西安临潼姜寨聚落的先民，开始在有规划、有规模、有规制的空间里，过起井井有条、有章有法的生活。居住区、陶窑区、墓葬区等功能区划分明晰，有沟壕拱卫，建筑布局有序。考古发掘出120座房屋遗址，房址基本清晰，门户依稀可辨。那密集的依稀屋宇告诉我们，我们的先民曾经努力地生活过。小房子围着中房子转，中房子围着大房子建，所有的门全部朝向一片空旷之地。那是姜寨的中心、中心的广场。居有所聚，聚有中心，人类在进步。

　　5300年前，河南巩义河洛镇双槐树遗址上的先民，开辟出当时中原地区最大的聚落。驻足遗址制高点可见，这里北临黄河故道，南倚嵩山、青龙山、五指岭、伏羲山屏障，西边有清澈的伊水、洛水交汇，一同汇入黄河，浩荡东去。"河出图，洛出书，圣人则之"，博大玄奥的中国哲学长河，当滥觞于如此浩浩汤汤的天地之间。恩格斯认为"国家是文明社会的概括",这里有可能是河洛古国的都邑,管辖着远近大大小小的部落和酋邦。巨大的夯土高台,当是都邑的中心点位,坐北朝南,建中立极,一条北指大伾山、南向峻极峰的轴线居中。墓葬区、居所区在中轴线上,其他遗迹排列在中轴线两侧,前者居南,后者居北,有敬天法祖之意;前后之间有瓮城隔开,形成"前殿后寝"的格局,虽无城垣、外墙环绕,却有三重环城壕沟相拱卫,既是科学有效的排水系统,又是严密高等级的防御工程,还是居住者身份等级的分界线。毫无疑问,这里是"王者之居",里面一定住着某位目前尚未探明的重要人物。中心居址内发现了九个陶罐,形状恰似"北斗九星"星图,与天上的"北斗七星"及"左辅""右弼"两颗暗星排列一致、位置对应。双槐树遗址显然是具有王都性质的古国遗址。居天下之中,为天地立心,人类在进步。

在3800年至3500年前,洛阳偃师的二里头遗址上,可能创造过古代中国第一个王朝——夏王朝的辉煌。考古学家根据文献记载找到这里,用散落在地的陶片敲开了一座庞大的王朝都城。"夏之都""最早的中国""最早的紫禁城",如情景回放,露出地面。都城的遗址呈九宫格布局,主殿为尊,坐北朝南,视野广阔,气势宏阔,尽显泱泱王国、巍巍王朝的气象。有专家甚至认为,这里可能是夏朝第三任帝王太康的王都斟鄩,是不是还有出现得更早、地位更高的帝王曾生活在这里，有待考证。宫殿区、居民区、作坊区、仓储区、墓葬区等分布清晰合理，功能齐全，等级森严；宫城内出现多座中轴线明显、左右对称布局的宫殿，形成了以宫城为中心，覆盖全区域、各聚落的架构和交通网络；表明了一级核心聚落与二级、三级、四级聚落之间的主从关系、控制关系、拱卫关系和保障关系。虽然没有发现文字记载，但鲜明地体现了华夏族群择中建都、王权集中的观念，以及宫廷宫室制度、社会等级制度、祭祀丧葬制度、社会管理制度。建筑理念在萌芽，社会制度在成长，人类在进步。

从野居到定居，从散居到聚居，从聚落中心到都邑中心，从中心线到中轴线，中国先民创造了自己的人类史、文化史、文明史。

那步履，坚定而清晰。

商与周的轴心时代

人类，总在创造自己的标志。

3600 多年前的郑州商城遗址，被认为是迄今为止发现的最古老、规模最大的商都遗存。这座城由宫城、内城、外郭城组成。内城夯土而成，耸立巍峨；外郭城环绕内城，规模宏大。郑州商城继承了二里头夏都的格局，设有宫殿区、居民区、作坊区、祭祀区、墓葬区；南北城墙的城门在正中间，东西城墙的两个城门等距离，若将南北城门、东西城门对应连线，会发现南北轴线明晰、东西纬线对称相交。以郑州商城为中心，20公里半径范围内分布着许多中小都邑遗址。有专家认为，郑州商城应该是史载"仲丁迁隞"的隞都；也有观点认为，郑州商城有可能是商汤的亳城。无论如何，郑州商城代表了当时的最高建造水平和最先进文化是毋庸置疑的。

3600年至3400年前的偃师商城遗址，略晚于郑州商城，可能是商汤灭夏桀之后所建，古称西亳，也可能是郑州商城的陪都或者别都，但一定是夏王朝与商王朝的分界标志。商王盘庚迁殷，曾路过并短暂落脚于此。偃师商城由兴而废，经历约200年。遗址由南向北，分为宫城、小城、大城三大区域，三重城垣；宫城位于夯土高台之上，择中而立，居高临下；内有宫殿、庙宇、作坊、库府、居址、道路、城门、护城壕、水井、暗渠等遗迹；南北城门之间，有中轴线穿越三大城，与小城南门、中轴线重合；轴线上以及两侧的建筑物、水渠布局对称。主次尊卑分明、礼制秩序井然，表明偃师商城的规模、等级在提高，理念、思想在提升。

盘庚离开偃师商城之后，同他的弟弟小辛、小乙一起，在安阳的洹水之北建造了一座大型都邑。其年代稍晚于偃师商城，略早于殷墟商城，属中商时期。这座洹北商城并非正南北方向，但有中轴线，重要建筑在中轴线两侧规整分布；中轴线上有一处庭院开阔宏大，根据"商王聚众庭院，多时可达万人"的历史记载，推断该庭院可能是中商时期的政治活动中心，是古代中国最早的"万人大会堂"；洹北商城没有城墙，却有双层壕沟，说明当时可能有战争，但威胁不大。考古揭示，这座都城经过了精心规划，但这是一座过渡性都城、临时性王都，是后来殷墟的前期工程，尚未完工就毁于一场火灾。洹水无言，流淌万年，静静注视人类的沧海桑田，默念往昔的辉煌。

到了晚商时期，洹北商城的对岸，崛起了一座新城。这座新城，就是今天的殷墟。

这座城距今3300多年了，现在叫小屯村。清朝时，这里是一个仅有数十户人家的村庄，鸡犬之声相闻，岁月无奇。除了地里耕作的农民，时不时会翻出刻有奇怪字符的龟甲或兽骨，他们将其当作"龙骨"卖给了药铺。1899年的某天，清朝官员、金石学家王懿荣上药铺抓药，无意中发现了这些有字符的甲骨，大吃一惊，但一直没有找到来源。直到1908年，学者罗振玉偶然获得了这个线索，千方百计追根溯源，找到了洹水之畔的小屯村。学者王国维肯定地指出，这些带有卜辞的甲骨来自殷墟。

持续挖掘下去，终于在1928年确证了这座晚商时期的都邑，就是殷墟。

考古近百年，穿越三千载，一片甲骨惊天下，往事从此重现。

公元前1320年前后，商王朝第十九任君王盘庚决定迁都于殷。从此，商朝定都于殷，历八代十二王、两百多年。

殷墟城址，主要包括城墙基址、大灰沟、道路、夯土建筑基址、地穴和半地穴居住址、窖穴水井、祭祀遗存、作坊遗址、王陵区、家族墓地和车马坑等；宫殿宗庙建筑达110多座，呈"前朝后寝、左祖右社"的布局；其具备由点及面、兼及四邻和以一先带众后、一大带众小的特点，符合一个王朝发展的历史、一座王都演变的过程。

盘庚迁殷，是古代历史上的一次壮举。但有研究者认为，与郑州商城、偃师商城、洹北商城相比，殷墟的建设有一定的仓促性，缺乏最初的规划和总体的设计，尽管宫殿和宗庙有明显布局，却没有纵贯全城的中轴线，也没有坚实的防御城墙。殷墟的无中轴性、去中心化，导致了宫殿核心区的政治地位、防卫能力下降，成为商朝衰败和灭亡的隐患。商朝最后四代帝王，迫于西部周国势力的渐大，不得不移都于今天河南鹤壁的朝歌，但从此再无朝气，亦无欢歌，一片衰景哀声。当周公旦手持大钺、召公奭手持小钺，辅佐周武王，威风凛凛地挺立于牧野，宣布消灭商纣的战斗檄文《牧誓》时，朝歌已然不堪一击，商朝的覆灭就在瞬间。没有城防的固若金汤，就没有王朝的江山稳固，殷鉴犹在。都城建设筑的是城池，更是心志与意志，众志方能成城。

尽管殷墟还有许多难解之谜、待考之史，但它是古代中国第一个既有文献可考，又有考古实证、甲骨文证实的都城遗址，是中国近代考古学兴起的标志。

及至周朝建立，开启了都城建设的新气象。

周公旦竭力辅佐武王和武王之子周成王，在总结商礼、吸取殷鉴的基础上，他提出"敬天保民""明德慎罚"的思想，制定并公布各种典章制度，开创了庞大、严谨、系统的礼乐制度，史称"经礼三百，曲礼三千"。周公的思想对儒家思想的形成作出了奠基性贡献，为周王朝的创立和兴旺作出了决定性贡献。他忠心耿耿、殚精竭虑，是有大德大功大治之臣，史赞"周公吐哺，天下归心"。

周王朝的发祥地周原，地处今陕西宝鸡，周人把周原建成强大的周国，一举灭商并创立了周朝。西周王朝在宗周丰镐之地的都城，正位于关中平原的中心地带。在宝鸡出土的西周初年的青铜器"何尊"内，铸有122字的铭文，其中有"宅兹中国，自之乂民"的字样，这是目前见到最早的"中国"一词。周原凤雏遗址，是建于商末时期的西周王室的宫殿和宗庙建筑群，坐落在中轴线上，规格极高、形状规整、组合对称，体现了商末周初的建城理念和礼制观念。

《周礼·考工记》是战国时期整理的文献，总结了商周两朝的"营造"理念。如王城方九里，四面构筑城垣，垣高七丈，城隅高九丈；每面各开三门，共设十二座城门；以宫城为中心，宫廷区、官署区、市区、居住区等有序分布；宫城置于城之中央，方正严整，四面有宫垣围护，垣高五丈，宫隅高七丈；宫城之南北为中轴线，"前朝后市""左祖右社""三朝三门"，或建于中轴线之上，或对称分布于中轴线两侧；王城内的道路采用"一道三涂"之制，由九经九纬构成南北及东西各三条主干道，南北方向正中的三股道、东西方向正中的三股道，成为纵横的中轴线。"经涂九轨，环涂七轨，野涂五轨"，意思是说王城的南北大道宽九轨、环城大道宽七轨、旷野大道宽五轨，这里的"轨"，即左右两个车轮之间的距离。

这些宫墙宫隅、王城宫城、大道小道的位置远近、尺寸规格，规定明确、等级森然，不仅突出了王者风范、天下气度，也彰显了尊卑秩序、等级制度，是儒家思想的体现。以周公为代表的西周文明创始者，关于都城建设的理念，确立了古代建筑史上的标高。

及至周公奉命领衔，营造洛邑、创建成周，更创造了古代建筑史上的典范。灭商之后，宗周丰镐之地偏西，不利于统治全国，于是周武王决定在夏都附近、洛伊流域新建都城，亲自选址，命召公相宅、周公营造。周公到洛邑实地踏勘，立竿测影，圭表正中，曰"此天下之中，四方入贡，道里均"。从公元前1039年起开始建造，七年乃成。成周坐北朝南，天子居中，中轴线分明；城内五宫威严，明堂高筑。这是中国历史上国家层面第一座全面规划、精心设计、长期建设、先建后居的国都。

昔日的洛邑都城已尘封在地层深处，建城使用的夯土砖木材料早已成粉齑。从古代都城遗址看，中国古代建筑多为夯土、木质结构，少有石材建筑。与古代西方用石质建筑追求永恒的理念不同，古代中国更看重生命的周期和轮回，更青睐用与生命关系更紧密的土与木来安顿自己的身心。如阿房宫，"蜀山兀，阿房出"，建的是宫，聚的是气；伐的是木，万木葱茏；筑的是土，土生万物；飞檐翘角，展示的是生命的气韵灵动，高屋大殿，显示的是生命的庄重大气，都是对生命、对人生的物化与具象化，用有形的生命来存续无形的生机。王与王都、朝与国都，生命周期有一定的关联度。夏桀亡而夏都泯，商王颓而商城废，一旦大秦王朝不存，阿房宫便"鼎铛玉石，金块珠砾"，消逝在历史的尘烟中。甲骨残片、陶瓷瓦片，不因破碎而无用，永远是解读精神文化的密钥；风蚀雨削的门柱上，一副字迹模糊的对联，其价值可能远甚于其所依附的秦柱汉石、唐砖宋木的分量。"光耀门庭"，光的是荣誉、耀的是精神，绝不是陈旧门楣、腐朽檩椽。古代都城建设的理念、法则、规律，以及蕴含的思想、文化、精神等，经久不衰，历久弥新。商周礼乐，作为中国古代文明的重要组成部分，影响至今。

从夏都到商城，从西周到东周，高起的夯土台，封闭的围墙宫城，高阔的梁柱架构，方正的城区院落，坐北朝南的走向，建中立极的轴线，左右对称的布局，广阔宏大是共同的遵从原则，"凡立国都，非于大山之下，必于广川之上"。

天乾地坤，王都气象。从"中"到"中心"，从"中心线"到"中轴线"，历史在奔跑，文化在接力。

南与北的两个六朝古都

明朝以前，中国享有"三国故地、六朝古都"地位的城市有两座：一座是南京，三国时期的东吴在此定都，东晋和南朝的宋、齐、梁、陈先后建都于此，史称"南六朝"；另一座是邺城，主体位于今河北省临漳县，三国时期的曹魏在此立都，后赵、冉魏、前燕、东魏、北齐先后设都于此，史称"北六朝"。这两座城市的建设，是古代建筑史上的样板。

先看六朝古都南京城。

相传三国鼎立时期，诸葛亮途经此处，察看山形地貌后说，这里钟山龙盘、石头虎踞，乃帝王之宅也。虎踞龙盘，从此成为南京城的气质与气象。公元229年，孙权称帝，建都武昌，后迁都建邺，即后来的建康、今天的南京，史称"东吴"。建康城三重城郭，中轴线依水形山势，呈北偏东24.6°方向伸展，城市框架、区域分布、道路肌理轮廓初现。公元317年，司马睿衣冠南渡，东晋落脚于建康，历十一代103年。东晋比照洛邑的葫芦画建康的瓢，将中轴线与各城中心线重合，拉伸到南部的牛首山。公元420年，刘裕立南朝刘宋，59年间保持"城郭庄严""四衢交通""庄严微妙，犹如天宫"不变。公元479年，萧道成立南朝萧齐，存活23年，建康城依然完好，成为北魏孝文帝复建洛阳城时的参考模板——建康城与洛阳城在建设上互相对照，与后来明朝永乐皇帝照着南京城建北京城一样，堪称古代城建史上的佳话。公元502年，雍州刺史萧衍取代南齐称帝，把修建城门作为重点防御工程，但公元548年发生的侯景之乱，导致建康城受到毁灭性打击，一片残败。公元557年，相国陈霸先受梁帝禅让称帝，国号陈，致力修复建康城，但不及往日金碧辉煌的景象。公元589年，隋文帝杨坚命其子杨广统领50万大军，水陆并发，攻陷建康，陈朝覆灭。宫殿和城府如灰飞烟灭，亭台楼阁皆一片砾瓦。金陵王气黯然收，故垒萧萧芦获秋，300年的建康城遭遇"至暗时分"，"帝王之地"沦为农田菜地，六朝繁华不再。

但是，建康风骨犹在，余脉尚存。

隋唐时期，建康城建设起色不大。唐朝的289年间，金陵城是被盛世遗忘的废都，戚戚都城，一片衰景；大唐灭亡，五代十国纷起，南唐于公元937年崛起于金陵城，是十国中最大的南方政权，沉寂的故都，再次大兴土木。公元975年，北宋灭南唐，宋太祖赵匡胤下令，军队不得破坏南唐都城江宁城。南宋时期，建康城成为宋高宗赵构和南宋政权仓皇南逃的歇脚点、避风港、中转站。岳飞在牛首山、清水亭与金人铁骑誓死血战。公元1275年，元军从雨花台攻入建康城，建康府改名为集庆府。

公元1356年，朱元璋攻克南京，建立明朝，作为大一统王朝的首都，南京城迎来了建设的高峰，到公元1393年基本完工，历时近40年。此时的南京城，由宫城、皇城、都城、外郭组成。外郭有18座城门，皇城有7座城门，都城有13座城门，宫城以奉天殿为核心，为官署、宗庙、祭祀建筑所在。午门向北，中轴线贯穿南北，清晰可见，太庙及社稷坛等重要建筑对称分布。洪武门内设千步廊，两侧为中央官署。南京城富丽堂皇、铁壁铜墙，四重城垣均坚实而厚重。宫城是核心区，也称紫禁城，设"五门三殿两宫"，乃"天帝坐也，天子之所居"之意。形制虽不方正，但有中有心。

公元1406年，永乐皇帝朱棣下诏，要求按南京城的蓝本建北京城。所以说，明朝先有南京城，后有北京城。

说完南六朝在南京的世代往事，再来看看北六朝的邺城故事。

邺城位于邯郸之南、安阳之北。公元前658年，春秋五霸之首的齐桓公建筑邺城，战国时期魏文侯以邺城为陪都，西门豹治邺就发生在这里。东汉末年，官渡之战，曹操以两万之兵战胜袁绍十万之众，统一了北方。从公元204年起，曹魏以邺城为国都。曹操既是政治家、军事家，还是优秀的建筑规划师、设计师。当东吴孙权在建邺大兴土木时，魏国曹操在邺城也建设得热火朝天。他以王都之规制对邺城进行大规模建设，使之成为曹魏的根据地和政治中心。直到公元266年，司马炎逼曹奂禅让，晋替曹魏，邺城易主。

公元319年，羯族首领石勒占领冀州，是为后赵，石勒驾崩后，其侄子石虎继位，移都邺城；公元350年，冉魏灭后赵，入主邺城；公元 337 年，前燕先灭后赵、再灭冉魏，于公元 357 年挺进中原，迁都邺城；公元 534 年，东魏从北魏分裂出来后，入主邺城，并拆卸洛阳宫城的建材，按洛邑城的样本建设邺城；公元 550 年，东魏权臣高欢之子高洋威逼东魏孝静帝禅让，自立北齐，建都邺城，大建佛寺，广纳僧尼，开洞凿窟，摩崖刻经，邺城建设达到顶峰；公元 577 年，北齐被北周所灭，邺城改名相州。

从曹魏、后赵、冉魏，到前燕、东魏、北齐，"北六朝"时有更替，汉族、羯族、鲜卑族等轮流坐庄，但对邺城的建设一直没有停止，六朝帝王都企望从此广厦安定、江山永固。

从公元 204 年曹魏建都，到公元 577 年北齐终结，邺城作为六朝都城长达 370 余年；如果从春秋时期齐桓公始建邺城算起，建城史则达 1230 年之久。

公元 580 年，北周相州总管尉迟迥从邺城起兵，反对外戚杨坚擅政，然兵败自杀。杨坚顺手接过北周，改国号为"隋"，下令迁走所有百姓，将千年古城一举摧毁。

邺城被遗弃在地下，经历了 1400 多年。后来，考古工作者摸清了这座古老都城的轮廓，摸清了南城、北城和宫城的边界，找到了外墙上众多的城门、城内经纬纵横的道路，发现了曹操当年在北城附近建造的"铜雀台""金凤台""冰井台"基址，还有大型官营作坊、商业集贸市场等，以及诸多体现古代城市功能的遗迹。

更重要的是，考古发现了一条几乎笔直贯通邺城南北方向的中轴线，从南城墙的中阳门出发，一路向北，穿过太极殿、宫城，直达永阳门、端门、文昌殿，位置清晰、走向明晰。这表明，经过6个朝代的接力建设，宫院遗址鳞次栉比，依轴对称、分区布局，古代中国高明的建城理念和高超的建设水平，余脉可触。

邺城中轴线是一条前承春秋、后启隋唐、跨越千年、世代相连、毁而不灭的文化线。邺城因此被称为"中国都城的祖堂屋"，是南北各民族共同建设、呵护，多元文化交融一体的文化遗产和光辉典范。

历久弥坚，鉴古知新。自夏商周以来，朝代每有更替，国家时有兴亡，民族各有强弱，但中华文化的主体和核心在延续、传承。即使遭遇外侮，只要精神不倒、文化还在，基因依然会重新聚合，用血肉筑成新的长城。与世界上其他一些地方因文化的尖锐冲突、相互毁灭而导致一些古老文明没有得到延续不同，中华文明在历史潮流中，往往是后浪推前浪，新叶催陈叶。汉承秦制，汉袭楚风，大秦王朝制定天下，制度文化影响2000余年。只要文化遗产尚存，文化就不会泯灭，文明就不会失落。

　　3000多年的建城史，1000多年的建都史，870年前设金中都，700多年前设元大都，600多年前的明朝北京，380多年前的清朝北京，110多年前辛亥革命结束了封建王朝的统治，末代皇帝在这里逊位，75年前中华人民共和国成立、开国大典在这里举行，古老的北京城见证着历史，绵延700多年的北京中轴线延续着文明。

　　万年话沧桑，一线穿古今，串联起中华人类史、文化史、文明史，气韵绵长，文脉永续。

　　这是文化的力量。

⑤

捡松茸

白庚胜

　　松茸在纳西语中叫"余暮鲁"。它是我们那里最上等的蘑菇。捡拾它，就叫"余暮鲁素"。

由于松茸在我的家乡普遍生长，捡拾它便成为当地几乎男女老幼都热衷的活动，甚至一些蛇类也会频繁出现，常在饱餐一顿之后吐一地白沫而去。

我们村是个移民村，建村不到 200 年。这里最早的居住者只有 2 里外的东村人，这一带山中的松茸产地自然成为他们的专有，几乎家家都有若干个对外秘而不宣、世代传承的"余暮鲁台"，也就是松茸圃。而我们也只能对那些散长的松茸打打游击，眼巴巴看着东村村民背着一篮篮新鲜松茸从四周山上走下来，留下一路香气，空生一肚子的"羡慕嫉妒恨"。

松茸在纳西族生产生活中非常重要。一进入 6 月，四围的群山常披满又浓又重的云雾，东村那些拥有祖传松茸圃的人家，便按时按节融入晨曦中，穿林拨树，奔向各自的目标，开始第一轮的收获。我们这些外来户，也照葫芦画瓢，装模作样地在每个雨天清晨戴个笠帽、披着蓑衣、斜挎小竹篓去碰碰运气。但由于此轮产量少，一般都收获甚少，更遑论我们这些外来户了。对此，主人往往先自食一顿，或馈赠亲友尝鲜，很少有人会将它们上市赚钱——那是第二次、第三次捡拾以后的事了。到那时，随着捡拾次数的频繁、收获数量的增长，主人才会自己大量食用和出售，常常弄得满街满村的松茸味，再也不愁一年的油盐酱醋开销钱。当然，这只是在风调雨顺的年份里，如果碰上连年干旱，或遭遇火灾烧山，那就是另外一番场景了。但不管怎样，有松茸圃的人家，仍比一般人家富足。

由于生长在金沙江边干热河谷地带、20多岁才嫁到我们村，相比松茸，母亲更熟悉鸡㙡的习性、故事和食用方法，但久而久之，她也对松茸的知识耳熟能详了。看到我对有松茸圃的东村人家羡慕至极，并想跟踪他们增收，她严厉制止道："天下的宝贝数不清，各有各的富贵路。没有松茸，可以吃羊兜菌、牛肝菌、一窝菌，就是不能去破古人定下的规矩，坏了人家的财路。你不知道吗？人间自有先来后到的道理，谁让我们的祖先来得迟呢。有本事，你去东村物色一个小对象，长大后把她娶来当媳妇，不就一举两得了？"直说得我羞红了小脸。

我的母亲擅长于做各种各样的松茸菜肴，这是她以零星捡拾到的、亲戚馈送的、街市上买来的松茸练就的，或是从左邻右舍那里学来的功夫：在野外劳作时，她会教我将它们串在一根根小木棍上烤着吃；在家中，她最拿手的是将它们与瘦肉、绿椒共煎炒；大热天，她教我们从储水槽下取出鲜嫩的松茸蘸酱生吃；为过冬，她会找一些瓶瓶罐罐来做松茸酱；火把节、中元节煮肉时，她不会忘了在汤中加些松茸片；在中秋月饼上，她也会撒一点松茸粉。

享受着母亲的无所不能的手艺和松茸的鲜香味道，我曾问过她松茸的来源。她莞尔一笑："听说松茸是署赐给人类的宝贝。""署？"我睁大双眼望着母亲。"对！署与人原来是同父异母的兄弟，后来两人分家，署住在荒野，一切有水之地及野生的动植物都归他；人则分到田地村落、六畜五谷，建起家园。起初，他们相安无事，但随着人的数量迅速增加，又是开荒扩大田地，又是砍树木建房屋，并大量杀牲，污染了江河。署一气之下，就发洪水冲毁田地，派蝗虫吃光庄稼，让泥石流冲垮村庄来报复。天上的米利董神见兄弟俩成了仇敌，就下凡相劝：署在人缺吃少住时应允许适当开荒种地、猎杀动物、砍树造房；而人不得过量砍伐树木和随意开挖土地、污染江河、侵犯署界。双方都表示遵从神的决定，人还说今后会年年用奶水和鲜花祭署，以表悔意与感谢。于是两兄弟重归旧好、和和美美……"

"那署允许人利用的东西中有松茸吗？"我问。"当然了，所以才说松茸是他赐给人的宝贝呢。"母亲的故事如流水般流畅，无声地洒满我的身心。但当时，我只记住了署、米利董这些古怪的名字，并朦胧感到松茸与其他蘑菇都归署所有，不可肆意取夺，要怀有一颗感恩的心。

没想到，我于20世纪末被公派留学日本时，在大阪结交的第一个朋友近藤君，竟曾作为丸北株式会社职员多次到丽江采购过松茸。一个夜晚，我俩坐在大阪大学旁边的一个斯纳克（轻食）店里，对着窗外流光溢彩的街道、酒肆，一起品尝一盘薄薄的松茸片烧烤。我问日本人为何如此钟情于丽江的松茸，近藤君解释说，松茸性温、好湿、喜净，是极好的环保食品，同时具有润肺、健脾、强肾、防癌、抗衰老等功效，且越新鲜效果越好。日本与韩国也生长松茸，但价格太贵。丽江所产松茸，价格相比日韩低了许多。另外，比起邻近的迪庆等地，丽江的松茸价格要高出不少，这种差异主要由生长环境所致：迪庆海拔偏高，造成松茸伞盖打开良久也难以出全香味；雅江一带因地处热带河谷，松茸一出土就展开伞盖，易散失香味；只有丽江海拔适中、日照优渥、不冷不热，所产松茸形状美观、色泽良好、味道鲜美、易于保鲜，从而更受客商喜欢，具有竞争优势。

想起出国前，我曾去中甸县（今香格里拉）白地村考察，经过洗脸盆垭口时发现收购松茸者云集。松茸果然可以活跃一地经济、造福一方百姓，尤其在当年几乎没有什么产品可以进行国际贸易的纳西族居住区，松茸的确对繁荣中日贸易、帮助许多纳西族农民实现致富梦起到了重要作用。这让我对松茸有了更深的感情。

"羡慕啊白先生，您生活在丽江那样无污染的青山绿水中，还与那么多松茸为伍！而且，你们的松茸用量也太夸张了，总是那么大碗大盘，哪像我们，只敢放几片闻闻味道。"近藤君又说。

在我有限的民俗知识中，日本人对松茸的喜好还与其古老的生殖崇拜有关系。或许，这在古代纳西族社会中也曾存在过，只是通过不断移风与民俗雅化，早已"夜阑马声晓无迹"也未可知。可能，松茸背后的自然进化、社会变易，还有山民们的情感故事、精神信仰，也同松茸的不可复制性一样再不可复得。甚至，母亲、童年、贫困、留日、近藤等点点记忆，也将很快成为苍烟中的落照。

只是，我珍爱它们。

晚霞雪景话颜文樑

吴为山

晚霞映雪，大地生辉。透过丛林，我们仿佛置身于画家深邃的心境之中……这是中国美术馆所藏的颜文樑先生的油画《晚霞雪景》。从这幅作品出发，我们开始一段有关生命、艺术和不朽的思考。

中国人素来将立德、立功、立言视为让生命不朽的事业。创作作品，正是艺术家在立言；创作出经典作品，将积极正确的艺术理念传递下去，则是艺术家在立功立德。艺术家生命的不朽，就在于其作品能够表达出超越个体生命和具体时代局限的普遍真理。

颜文樑，人如其名，他是文化发展之栋梁与文化交流之桥梁。他的艺术人生，是不朽的。在中国近现代艺术史上，颜文樑先生以其卓越的绘画成就和深远的教育影响，成为不朽的艺术大师和艺术教育家。

颜文樑先生的艺术生涯跨越了近一个世纪，参与、书写并见证了中国现代美术的变迁与发展。作为早期留学欧洲的油画先驱者，他运用法兰西印象主义的悸动色彩，描绘溢满东方乡愁的天光云影，其作品绵密而厚重、幽深而明朗，有诗情、有诗意、有诗境，是中西融合的典范。颜文樑先生也深谙艺术对社会的重要价值，毕生致力于以艺术促进社会进步的事业。他发起的苏州美术画赛会，是中国美术史上第一次美术展览；他参与创办的中国最早高等美术学府之一——苏州美术专科学校，曾是无数中国美术青年向往的艺术殿堂。颜文樑先生还是中国美术馆事业的奠基人之一，创立了有"中国美术史上第一馆"之称的苏州美术馆。

中国美术馆收藏了 17 件颜文樑先生的作品。其中最令我难忘的是一幅名为《晚霞雪景》的油画。画面中，寒林层层，小河蜿蜒，皑皑冬雪映照漫天霞光，袅袅炊烟浸满冬阳的暖意。收藏这件作品，是一段特殊的缘分。2016 年 8 月，颜文樑先生的学生、年逾八旬的雕塑家吴文家在病重之际，与其子吴乙真辗转联系到我，欲将珍藏已久的颜文樑晚年作品《晚霞雪景》无偿捐赠给中国美术馆，表示"不想藏之独赏，以致日后流失，中国美术馆是收藏此画的正当归宿，唯此是对老师的最高敬意"。我十分感动，因为这是颜文樑先生之德、之艺的赓续，更是其人品、人格的传习。为此，我自己赴青岛取回作品，入藏中国美术馆，并题写书法"艺术贵真"，回馈吴老先生父子的无私情怀。

生命，如白驹过隙，转瞬即逝，而艺术，则如长河绵延，历久弥新。生命之所以短暂却珍贵无比，是因为它赋予了我们追求意义和价值的机会；艺术之所以永恒而魅力无穷，是因为它以独特的方式超越了时间的束缚，成为连接过去与未来、物质与精神、有限与无限的桥梁。生命与艺术，相互影响、相互成就，相互赋予深度、厚度、温度和维度。我们看他的作品、观他的展览，就是让我们看到了一场生命与艺术之间的精彩对话。

相信我们通过认识、学习、借鉴颜文樑先生的艺术人生，将更深刻地理解生命的本质和意义，成长为更好的新时代艺术创新主体，进而在有限生命中创造出更多的美好和永恒！

毛泽东"兼爱"读宋词

汪建新

　　毛泽东诗词给人的总体印象是纵横捭阖、豪迈雄浑，充满着阳刚之气和奔放之美，但也不乏深沉含蓄、温润似水的委婉柔情。他的笔下，既有"千里冰封，万里雪飘"的壮阔意象，也有"红装素裹，分外妖娆"的妩媚可人，既有"百万雄师过大江"的威猛气势，也有"照横塘半天残月"的凄清柔婉。这既得益于毛泽东的多彩人生、丰富阅历和浓厚情感，也源自他对中国古典诗词作品的欣赏趣味和阅读偏好。这一点，从毛泽东对宋词的喜好态度和精辟见解中可窥见一斑。毛泽东对宋词"偏于豪放，不废婉约"的审美取向，深刻影响了他的诗词修养和创作风格。

偏于豪放

徐悲鸿有"白马秋风塞上，杏花春雨江南"之联，吴冠中也曾书"骏马秋风冀北，杏花春雨江南"。两个大同小异的联语，涉及中国古典美学的两个重要范畴：阳刚与阴柔，也称壮美与优美。这是自然美的情态，也是艺术美的神韵。伯牙鼓琴，志在高山流水，巍巍乎而洋洋乎，是阳刚之美；韩娥唱歌，余音绕梁三日，悠悠然而袅袅然，是阴柔之美。

中国古典诗词形式多样、风格迥异，但总体上不外乎阳刚与阴柔两类，或介乎二者之间。具体到诗词，尤其是宋词的艺术风格，便有了豪放与婉约的区分。明代张世文在《张刻淮海集》中首先提出："词体大约有二：一婉约，一豪放。盖词情蕴藉，气象恢宏之谓尔。"豪放词对应阳刚，如"大江东去"，壮阔高远；婉约词对应阴柔，似"晓风残月"，细腻低回。毛泽东也曾说："在同一朝代，如宋朝，有柳永、李清照一派的词，也有辛弃疾、苏东坡、陆游一派的词。"

1957 年 8 月 1 日，毛泽东吟咏范仲淹《苏幕遮》和《渔家傲》两首词，提笔写下近 900 字的《对范仲淹两首词的评注》，明确表示"我的兴趣偏于豪放"。

毛泽东非常喜欢阅读宋词，圈画、批注过的词作达 378 首之多。以豪放宋词代表人物苏东坡、辛弃疾为例，毛泽东圈画过 16 首苏东坡词，他曾说："苏东坡是宋代的大文豪，长于词赋，有许多独创，'一洗绮罗香泽之态，摆脱绸缪婉转之度'，如《念奴娇·赤壁怀古》是千古绝唱。"他在另一次谈话中还说，苏东坡的词"气势磅礴，豪迈奔放，一扫晚唐五代柔靡纤弱的气息"。他尤爱读辛弃疾词，圈画过的辛弃疾词作达 98 首，还曾手书《菩萨蛮·书江西造口壁》《摸鱼儿》《贺新郎》《南乡子·登京口北固亭有怀》《永遇乐·京口北固亭怀古》等多首词作。有一部 1959 年中华书局出版的《稼轩长短句》，共有四册，每册的封面上，他都用粗重的红铅笔画着读过的圈记。在他经常翻阅的几部《词综》里，对辛弃疾的词也是反复圈点。

不废婉约

"婉约"一词，最早见于先秦古籍《国语·吴语》的"故婉约其辞"。"婉"为柔美、曲折；"约"的本意是缠束，引申为精练、隐约、微妙。婉约诗词因描写个人情感和自然景致而独树一帜，句句精美、字字细腻，表达内心百回千转的情思，其形式大都婉丽柔美、含蓄蕴藉、情景交融、声调和谐。美丽的邂逅、深情的相约、甜蜜的相守、断肠的别离、入骨的思念、感伤的落叶、悠远的乡愁，一一蕴含其中。

婉约派虽是一个有时间界限的流派，但婉约风格不分朝代，成为一种婉转清丽的抒情和创作风格。毛泽东虽更偏爱豪放慷慨之作，但也认为"婉约派中有许多意境苍凉而又优美的词"，"我的兴趣偏于豪放"的同时也"不废婉约"。柳永、李清照、晏殊等都是婉约宋词的代表人物，毛泽东对他们情感丰富细腻的婉约之词爱不释手，体现出其审美取向的多元特色。

毛泽东在中南海丰泽园的书房里存有一本柳永的《乐章集》，圈画了其中的 54 首。他还曾手录柳永的《望海潮》。青年毛泽东离家赠妻的《贺新郎·别友》中"更那堪凄然相向"一句，大有柳永《雨霖铃·寒蝉凄切》"多情自古伤别离，更那堪冷落清秋节"的神韵。中华人民共和国成立后，毛泽东读宋词的多种选本，都曾圈阅过柳永的《雨霖铃·寒蝉凄切》。1956 年他写的《水调歌头·游泳》中"极目楚天舒"一句，应该是化用了柳永"暮霭沉沉楚天阔"一句的诗意。

李清照擅长书画，通晓金石，尤精诗词，她将"语尽而意不尽，意尽而情不尽"的婉约风格发挥到极致，被誉为"词家一大宗"。毛泽东谈到婉约词时，将她与柳永并列，称"柳、李的词专讲爱情"，还说："李清照不仅词写得好，而且很有爱国思想。"毛泽东曾多次圈阅李清照的《凤凰台上忆吹箫》《声声慢》等作品。李清照的词言辞真切、情感饱满，读来令人感同身受，从而引起毛泽东的诗人情怀，与之产生共鸣。

应当兼读

"词有婉约、豪放两派，各有兴会，应当兼读。读婉约派久了，厌倦了，要改读豪放派。豪放派读久了，又厌倦了，应当改读婉约派。我的兴趣偏于豪放，不废婉约。"毛泽东鲜明地表现了自己兼合的词学旨趣，既是对宋词现实的强调，也是个人欣赏趣味的体现。毛泽东并不是简单地肯定或否定一方，他认为："婉约派中有许多意境苍凉而又优美的词。""婉约派中的一味儿女情长，豪放派中的一味铜琶铁板，读久了，都令人厌倦的。人的心情是复杂的，有所偏袒仍是复杂的。所谓复杂，就是对立统一。人的心情，经常有对立的成分，不是单一的，是可以分析的。词的婉约、豪放两派，在一个人读起来，有时喜欢前者，有时喜欢后者，就是一例。"毛泽东对豪放、婉约词作交替阅读、调剂口味、增强兴致的辩证态度，让二者各得其所、相得益彰。此论深中肯綮，既阐明了豪放、婉约两派宋词的艺术特征，也道出了读者欣赏宋词艺术的接受心理，堪称词论的真知灼见。

　　作为宋词的两种流派，豪放派和婉约派之间互有区别又相互依存，二者可以有所偏重但不可完全缺失，既不能"畸刚"也不能"畸柔"。苏东坡和辛弃疾是豪放派的"旗手"，但他们不仅有狂风暴雨的交响诗，也有如怨如诉的小夜曲，既以虎啸龙吟的壮词见长，也都写过缠绵悱恻的情语。毛泽东既推崇苏东坡"大江东去，浪淘尽，千古风流人物"的壮怀激烈，也欣赏"转朱阁，低绮户，照无眠"那般月下吟咏的故人情怀。毛泽东既热衷于辛弃疾"想当年，金戈铁马，气吞万里如虎"的慷慨悲歌，也欣赏他"谓经海底问无由，恍惚使人愁"的细腻感情。毛泽东感怀于李清照的"莫道不销魂，帘卷西风，人比黄花瘦"的孤单凄凉，但也说过："她的这首词叫人打不起精神来，我倒喜欢她的'生当作人杰，死亦为鬼雄'的诗句。"正因为毛泽东在阅读宋词等中国古典诗词作品时能够广泛涉猎、兼容并包，才使他的诗词底蕴博大精深、丰富多元，也令他的诗词创作风格多样、独领风骚。

8

世界的两根脐带

—— 陆上与海上丝绸之路的前世今生

刘汉俊

　　人类发展的历史，也是相互交流的历史。渴望与同类交往，是人类的本性。无论身处哪个洲、哪个大洋、哪个大陆，人们终将走出自己的孤影，走向交流交融、共处共生。这是历史的必然，形成人类命运共同体，是这种必然趋势的最高形态。丝绸之路，是维系这个共同体的纽带。

一

　　从一定意义上说，古代丝绸之路是丝、瓷、茶之路。在陆路，以丝、茶为多；在海上，更多是丝、瓷。对外贸易的早期，在丝绸稀有且昂贵的年代，陶瓷是中国输出的主要产品和大宗货物。研究表明，宋代的瓷器出口量超过其他所有货物，位居第一。

东西方的交流，一方面是金银器、铜铁器、玉漆器、丝绸、陶瓷、茶叶、烟草、香料、食物等物资的交换交易、互通有无，一方面是文化、科技、外交、宗教、艺术成果的交流交融、互相借鉴。物质形态与意识形态交织在一起，形成丝绸之路上的"大流量"。

欧亚陆路、东西航路这两条丝绸之路，同等重要、互助兴盛。两条路在印度洋、孟加拉湾、阿拉伯海沿岸和中亚、西亚地区时有交叉，在欧亚腹地最终汇合。汉唐时期的东西方交通，以陆路为主，间或以海上为重，12 世纪以后以海路为甚，中国是当时海运的主要力量。这两条丝路，是全球化的主要通道和发展路径，是工业化、现代化的起跑线和主跑道，也是联结点、加油站。

回望历史，如果没有公元前 950 年，周穆王首游昆仑山、约访西王母、开通西行之路；如果没有公元前 139 年、公元前 119 年，汉武帝两次派张骞"凿空西域"；如果没有公元前 60 年，汉宣帝任命郑吉为都护，监护丝绸之路南北两道；如果公元 94 年，汉和帝下诏，设立西域都护府，任命班超为都护；如果没有公元 97 年，班超派遣甘英一路向西，打通罗马的交通，摸清了通往欧洲的线路，途中结识了马其顿商人，并邀请欧洲商人于公元 100

年首次访问洛阳，汉和帝亲自接见这些欧洲客商，之后罗马大军又沿这条线路推进，一直打到波斯湾，占领欧亚大通道，千年之后东罗马一路东扩，与中国隔草原相望；如果没有蒙古铁骑三次西征，用弯刀、战马建立起"横跨欧亚大陆，从波罗的海到太平洋，从西伯利亚到波斯湾"的强大帝国及其四大汗国……如果没有这一切，东西方之间的互动，可能要走更漫长的路。陆上丝路，道阻且长，崇山峻岭，戈壁无边，古老的中国迈出了主动而坚实的步伐。

回望历史，假如没有中国古代先民的"刳木为舟""剡木为楫"，春秋战国时期各国水上力量的较量和发展；假如没有秦汉时期以海为商、"楼军"出海、经略海洋，魏晋南北朝丝织贸易直达阿拉伯海和波斯湾；假如没有隋唐时期商船的远航红海、东非，没有宋朝"四大发明"和造船技术、航海技术的强大，以及对海上丝绸之路的高度重视；假如没有蒙古铁骑西征到意大利的威尼斯水城，让热那亚人马可·波罗知道东方有个中国，从而有了公元1271年的陆路来华；假如没有元代航海家汪大渊在公元1330年、1337年两次出海下泉州，一叶扁舟闯天涯；假如没有大明王朝的郑和船队从公元1405年起，跨越28载，七下印度洋，航经阿拉伯海、红海，远达非洲东海岸，比葡萄牙人迪亚士早82年、比意大利人哥伦布早87年、比葡萄牙人达·伽马早92年、比葡萄牙人麦哲伦早116年跨洋航行……假如没有这一切，世界史上的大航海运动、地理大发现、东西航路开通的时间表，也许还会推迟许久。中国引领并推动了人类的航海步伐。

二

没有不敢翻的山，没有不敢闯的海，于是有了陆上、海上丝绸之路。这是人类文明的两根脐带，东西方互为母体、共生共荣。对沿线国家来说，它们是彼此的脐带，互相滋养；对世界肌体而言，它们如人体的任督二脉，通则精气旺盛、循环良好。

船作桥，瓷为媒，中国是世界的瓷码头。陶瓷是中国先民的伟大发明，这是毋庸置疑的。陶瓷的使用改善了人类的生产生活，提高了生产力，推动了文明进步，这也是毋庸置疑的。

中国，是人类文明营养的生产地。英国学者李约瑟说，在公元前3世纪到15世纪之间，中国在应用自然知识于人类实际需要方面，比西方有效。另一位英国学者贝尔纳说，许多世纪以来，中国一直是人类文明和科学的巨大中心之一。

他们所说的科学和文化成就，不仅仅指火药、指南针、造纸术、印刷术，以及丝绸、陶瓷、茶叶等发明，还包括水车、石碾、水力冶金鼓风机、活塞风箱、缫丝机、独轮车等技术成就。这些体现中国人勤劳智慧的文明成果，改变了世界，改变了人类。两位英国学者的认知是深刻的。

但这些技术发明的推广、科学知识的传播，并不是一蹴而就的，一开始没有看到满脸绽放的笑容，或者温情的面容，更多的是陌生的面孔、冷峻的表情、无知无感的场合。但它们靠实力唤醒了蒙昧，渐渐地赢得了目光和掌声。文化的交流与碰撞，有时候就在电闪雷鸣一刹那，有时候却需要风霜雨雪一百年。

认知，需要漫长的等待；认可，方知等待的艰难。生命和时间，是交流的代价和交融的成本。在古代社会里，交锋、交战是交流的常态，疾风骤雨与腥风血雨往往是岁月的底色，至少在欧亚大陆、美洲大陆，在航海时代、地理大发现过程中，战争是主基调。战争凸显丝路的战略重要，和平彰显丝路的珍贵价值。

古代中国，是一个善于发明的国度，也是一个敢闯荡、好交往的国家。亲、诚、惠、容的理念融入血液中，勇敢、坚强、敢打、能赢的信念铭刻在骨子里。人与人的交流需要渠道，国与国的交往需要通道，为打开各种阻隔与封锁、拆除各种封闭，古老的中华民族豁出了力气与性命。

欧亚大陆曾是世界的中心、全球的舞台。世界史的帝国史篇章，主要在这片土地上书写。谁控制了欧亚大陆，谁就主宰了世界。汉朝的开拓西行、前赴后继，对西域、中亚、西亚、东欧、西欧地区国家的恩威并施、掌管掌控，蒙古铁骑的三次西征、长驻久治，罗马帝国的浴血东征、沿途各国的角逐和搏力，亚洲、欧洲便形成了后来的格局。欧亚大通道不打则不通，打中求通，和平是战争的产物。上千年的努力是血腥的，各个国家、各个王朝、各国帝王都在按自己的理念来构建天下，按自己的观念来制定规则，按自己的利益来规划世界，冲突与流血是必然的代价。

只要文化的脐带不断，生命就会开出灿烂的花。

三

丝绸之路的成长，经历了暴风骤雨、血雨腥风，也享受了惠风细雨、明媚阳光。文明的种子沿途播撒，友谊的花朵东西共享。西汉以降，欧亚大通道的丝绸之路上，一直行走着丝、瓷、茶的驼队马帮，也奔走着探险家、传教士和强盗。有人以文明的方式交流文明，有人以非文明的手段攫取文明。

公元 1712 年 9 月 1 日、1722 年 1 月 25 日，旅居中国的法国传教士佩里·昂特雷科莱，给法国耶稣会奥里神父先后写了两封信，介绍中国瓷器。他的中文名字，叫殷弘绪。在公元 1712 年 9 月的那封信中，殷弘绪详细记录了景德镇"瓷石＋高岭土"二元配方的"奥秘"等资料，文、图、数丰富而翔实。那是精制的调研报告，也是精准的情报分析。

殷弘绪的这两封书信，先后在《耶稣会士书简集》上发表，被《特雷武论文集刊》《学者期刊》《中华帝国全志》等转载。法国启蒙思想家狄德罗主编的《百科全书》中，关于瓷器的内容主要引用自此。

殷弘绪被称作"西方系统研究中国瓷器的第一人"。据说，法国工匠按照书信中的方法找到了高岭土，成功地生产出了硬质瓷。书信被翻译成英文、日文后，影响到更多的国家和地区，德国、英国、荷兰、比利时、意大利等国相继找到高岭土。中国工匠和技术输入西方，以及殷弘绪对中国制瓷技术的介绍，推动了欧洲瓷器的生产。

殷弘绪，还有后来行走在丝绸之路上的德国人李希霍芬、瑞典人斯文·赫定、俄国人尼古拉·普尔热瓦尔斯基和奥勃鲁契夫、英籍匈牙利人斯坦因、法国人伯希和、德国人格伦威德尔和勒·柯克，都是人类文明成果的探宝人，也是盗宝者。

殷弘绪是法国传教士，在景德镇住了 7 年，相信他早已熟悉景德镇的一山一水一草一木，相信他不仅是把高岭土样本送回了欧洲，也把景德镇的每个瓷泥配方、每道制瓷工艺、每项关键要领，复制和透露到了国外。欧洲人不但学会了制瓷，他们的品牌还打败了中国瓷。就像英籍匈牙利人、学者斯坦因，辛勤地奔走在人烟稀少的中国西部楼兰、敦煌、吐鲁番等地，疯狂地、堂而皇之地拿走了成箱、成车的大量的壁画、塑像、铭记、经卷、丝织品。所以鲁迅指出，自德国人李希霍芬游历了山东，胶东就不属于我们了。

但中国自有中国的性格。中国文物、中国文化、中华文明蒙受过多次、各种的劫难，但碎而不散、毁而不灭。只要文化的基因一息尚存，只要振臂一呼，精神的骨骼就会立即站起，意志的血肉就会筑起新的长城。

东方文明的灿烂、中华文化的辉煌，在某个时段、某个方面，往往是西方比不了的。中国的丝绸、瓷器、茶叶文明，是创纪录、划时代的，丝绸之路上的中国作为、中国创造、中国力量，证明了中华文明的深厚底蕴，是对"欧洲中心论"的质疑和动摇。"黄帝是中亚人说""中国人为埃及殖民说""古巴比伦移民中国说""腓尼基人航抵山东说""中国人种西来说""仰韶彩陶文化西来说""中国青铜工艺西来说"等均站不住脚，没有实证就是臆想，不是刻意歪曲，就是认识误区。

中华文明"西来说"是荒诞不经的，不是世界所有的树根都长在西方的土壤里，不是所有的文化之水都要到希腊克里特岛去找泉眼。中华文明的大地湾文化彩陶，与美索不达米亚文明的哈苏纳彩陶，在欧亚大通道、丝绸之路、草原之路、河西走廊相遇，不是互相取代，而是中西文明的交流与融合，是多元多样、共生共荣的结果。

古老中国两万年的制陶史，几千年的彩陶之路，以时为序，自东向西，一路演进，一路实证，脉络清晰，这是文化的墨线。瓷路是脐带，母体在中国。

陶龄万年、瓷航万里，一切都从这里出发。

第三辑

人在旅途

1

浦江探古记

侯仰军

　　孟冬时节，"万年上山·诗画浦江'中华颂'第十三届全国小戏小品曲艺大展"在浙江省金华市浦江县举办。借参加此次活动之机，我得以来到浦江，访千年古县，寻历史遗迹。

　　来之前我就听说浦江历史悠久，人文底蕴十分深厚。到浦江的当天晚上，我们先去知名历史街区西街走一走。璀璨的灯光下，西街蜿蜒向前，路两边多为两层的徽派建筑，大都挂着传统竹灯，显得格外祥和宜人。浦江在汉献帝兴平二年（公元 195 年）时就曾建县，唐天宝十三年（公元 754 年）设置浦阳县（五代时期改名浦江县）后，县治就安在这个地方，且一直没有迁移。由此可见，这条老街的历史也应该非常悠久了。

远远地听到锣鼓声，走近一看，原来是西街文艺活动中心在演戏。院子里满满的都是听众，或坐或站，挤得水泄不通。简易的舞台上，一位戏曲爱好者在演唱。我问同行的金华市民间文艺家协会原主席施怀德唱的是什么，他说这是当地戏曲，叫浦江乱弹。我说，浦江百姓这么喜欢民间戏曲，我们明天的"大展"肯定很受欢迎。

第二天，"大展"在浦江县文化馆如期举行，连演三天。演出的 47 个优秀剧目来自 15 个省区市，系从全国征集的 269 件作品中精选而出，涵盖了婺剧、越剧、锡剧、川剧、苏州评弹、西河大鼓、徐州琴书、南音说唱、鄱阳大鼓、四川清音、浦江乱弹等多个民间剧种及多种艺术形式，比较全面地展示了中国民间戏曲艺术的精神风貌和最新成果。演出受到浦江人民的热烈欢迎，充分显示了中华优秀传统文化特别是民间戏曲艺术的强大生命力。

此次参演的剧目中，有浦江什锦《板凳龙》和浦江乱弹小戏《画中缘》，在展现江南水乡吴语吴音绵柔之美的同时，也不乏阳刚之气，让我们感受到了浦江人豪放、直爽的一面。戏如人生，中国民间文艺家协会戏曲艺术委员会副主任周子清就是浦江人。吃晚饭时，有人说，周老师，到你的家乡了，你得给我们唱一段。他丝毫没有客气，立马唱了起来，还一气唱了六种地方戏曲，唱完一段，解释几句，说唱的内容都是"断桥不断因为许仙，因为爱美人更爱江山"。无独有偶，第二天我们在郑宅镇调研"江南第一家"时，导游提到当地有个名人也在北京工作，旁边走过去的一个村民听到我们的谈话，马上朝我们喊道："那是我外甥！"浦江人的直爽，可见一斑。

历史上，浦江出了有名的"江南第一家"。从南宋到明代中叶，浦江的郑氏家族历经宋、元、明三朝，一直同居共食、和睦相处，时间长达330多年，绵延15世。明太祖朱元璋赐封其为"江南第一家"，时称"义门郑氏"，是传统社会"孝义"的楷模。

如今，浦江更令世人瞩目的是发现了上山遗址。2000年秋冬之际，在浦江一个叫"上山"的小山丘上，考古工作者发现了距今一万年前的遗址，即上山遗址，后来被命名为"上山文化"。经过20多年的不懈努力，考古工作者在以金衢盆地为中心的钱塘江上游及附近地区相继发现了22处上山文化遗址，是迄今中国境内乃至东亚地区发现的规模最大、分布最为集中的新石器时代早期遗址群。很多学者认为，上山遗址发现了包括水稻收割、加工和食用较为完整的证据链，是迄今发现的世界最早的稻作农业遗存。研究表明，在上山文化的分布区域，从 3 万年前开始就有野生稻分布，这为稻作起源研究增添了关键性的一环。

做过多年博物馆馆长的施怀德是个"上山迷"，近年来多次邀请我到上山遗址看看，并提出上山文化"三源（世界稻源、东方艺源、中华易源）六艺（居艺、农艺、陶艺、酒艺、纹艺、祀艺）"的命题。蒙蒙细雨中，我们到了位于浦江县黄宅镇上山村的上山遗址。在遗址上，已经就地建起了"上山考古遗址公园"。近年来，随着我国经济的发展和考古技术的进步，一旦有重大考古发现，可以立即在考古工地上建起考古工作棚，甚至建起钢结构大棚和考古舱，以保护遗址。考古工作者可以在工作棚、考古舱里从事挖掘工作，不用再"面朝黄土背朝天"，忍受风吹日晒了。待考古挖掘结束，就建起保护展示馆甚至博物馆，全方位地展示各种内容，让普通民众也能够了解、学习。上山遗址上也建起了保护展示馆，建筑面积达 1500 多平方米。

听着讲解员的精彩讲述，看着出土的一件件文物，我在由衷高兴的同时，也对一些提法产生了疑问。比如，"上山遗址出土了世界上最早的栽培稻""中国的长江流域是稻作农业的起源地，其中尤以上山文化发现的稻作遗存为最早"，这些说法是否还需要进一步论证？因为江西万年仙人洞遗址发现了距今 1.2 万年的栽培稻遗存，湖南道县玉蟾岩遗址发现的栽培稻遗存也超过 1.2 万年。

带着这些疑问，我回到北京后，专门去请教了农业农村部全球重要农业文化遗产专家委员会副主任曹幸穗。曹幸穗肯定了我的看法。他说，一般认为，长江中游的水稻起源早于下游。玉蟾岩和仙人洞的稻作遗址证明的是稻作文化的源头，是起源问题，这就是中华民族具有"一万年的文化史"的证据。上山文化是稻作文化的成熟期，是稻作文化向"五千多年的文明史"的过渡时期，这时候已经出现了聚居的村落，甚至有可能已出现稻米加工的次生产品。这个阶段，已经远远越过了文化起源期，大步迈向"文明的形成期"。

当然，这个观点，还有待专家们进一步研究、论证。

② 生命在路上

俞天白

1983 年 · 徐州、曲阜、泰山南天门

五月十四日，星期六　今应《钟山》杂志之邀，乘 52 次列车到徐州参加笔会。徐州文化局派车接我到徐州矿务局招待所。

《钟山》主编刘坪带蔡玉洗前来探望，才知来自上海的还有戴厚英、王安忆、颜海平和薛海翔。王安忆已到达，徐州是她的半个故乡，忙于寻亲访友。应邀的还有安徽张锲，山西焦祖尧，东北程树榛，湖南古华、谭谈，北京陈建功、肖复兴等，均在途中未至。

五月十七日，星期二　今天，由王安忆和（徐州文化局的）李瑞林带领我们观光徐州市容。

先参观徐州博物馆。这里原是清乾隆行宫，以三物见长。一是银镂玉衣。由两千五百块玉片缀成，所用银丝，虽次于金镂，但也很珍贵，曾去国外展出。二是汉画像石。即石片上的浮雕，出土于徐州附近，是名震中外的一大文物，有拓片去日本展出，画像雕刻粗犷，线条却十分流畅，造型生动，有一股古朴之气。三是书法碑石。刻有苏轼、黄庭坚、米芾和岳飞的书法。我们到达时，有两个人正在拓碑，有缘见识了这类文物得以流传的技术操作。

再游博物馆对面的云龙山。我最感兴趣的就是此处。幼时读《放鹤亭记》，曾被苏轼文辞所迷，知道这是一处可以体验"隐居之乐，虽南面之君未可与易"的地方。不过，这是需要时间来印证的，作为行色匆匆的游客，我们只能见识"彭城之山，冈岭四合，隐然如大环"的地理形势。至于处于核心地位的放鹤亭，是清时重建的。前有"饮鹤泉"，南有"招鹤亭"，除了印证对此"大环"有"适当其缺"的作用，却没有什么吸引我的意境，或许苏轼是"升高而望"才"得异境焉"。如果我有处于庙堂高处，揣摩过"天意从来高难问"的"登高"经历，感受也许会不同。值得一记的是其背后的昭亭寺，有石刻大佛，是公元 5 世纪的产物。据云，北魏兵围城数月，兵士利用闲暇时间为后人留下了这一文化遗迹。可惜，不少体积小的佛雕被日寇挖走了。此处有"三砖殿送三丈佛"之称。此外，山西北有石林。传说苏轼和"云龙山人"张君饮醉所卧之石即在此处，我们却无心寻踪。

从博物馆南行，是淮海战役纪念馆。陈列内容太丰富了，时间仓促，只能走马观花。其特色有二：一是占地面积之大和绿化为徐州之冠；二是纪念碑，是亚洲第一高塔，建于凤凰山下，远处不惹人注意，走近巍峨壮观，如一幢十层大厦，背靠凤凰山，却有胜过凤凰山的雄伟气概。

五月二十五日，星期三 今日来曲阜。七点四十分，大客车从徐州矿务局招待所出发，下午一点四十分到达。先去孔庙观瞻，然后到孔府。孔庙那十多根镂空雕龙石柱，是我生平所见石雕中最壮观的艺术品。孔庙之气象，如故宫，仅将规模缩小而已，孔府亦然。

夜宿曲阜宾馆，条件极差，仿佛圣人脚下，没有什么人看得上眼，无法详记。

五月二十六日，星期四 今天告别曲阜，离开前，先去孔林。

此乃孔子之墓地，孔子世代家族均安葬于此。占地之大，令人叹为观止。古柏成林，杂草丛生。经过十年"文革"，竟能保存，令我诧异。据说，走一圈就有十华里，与曲阜城一样大。也就是说，曲阜地域的一半，都是包括这孔林在内的孔府，古人比今人多，倘若要描绘，只能用"鬼比人多"之类大不恭词语来概括。

我们只瞻仰了孔墓，即赴泰安。在泰安文化局稍事休息，吃了中饭，便动身上山。由旅行车送到中天门，始步行登山。路旁，山势雄伟，但无黄山之险。因是历代帝王登极祭天之处的缘故吧，沿途多题刻，成了一大特色。择喜爱者匆匆录之。

云步桥畔的石亭廊柱上，有两联，其一云"风尘奔走历尽艰辛思跪乳；因果研究积成功德敢朝山"，其二云"跋涉惊心到此浮云成梦幻；登高极目从此俗虑自消沉"。

过朝阳洞，有一首诗，为长洲王大墀所题，诗云："虬枝万千嵌高峰，稷稷清风峰影浓。勿是腰间森傲骨，当年不受大夫封。"

午后两点开始攀登，四点半到达南天门。不知是高山反应作祟，还是气候起了变化，天下雨了，真扫兴。下榻岱顶宾馆，宿最佳房间。气温下降甚多，要穿军用棉大衣方能御寒。雨越下越大，天地一片雨雾，无法外出。尽管在烟台看够了日出，但自从读了姚鼐的《登泰山记》，到此观赏日出，便成为登泰山的重要节目，若缺此一项则与未登泰山一样会成憾事。所以，特别希望明天放晴。

五月二十七日，星期五 谢谢老天帮忙，放晴了。凌晨两点半，月光透过窗口照到床上，我差一点儿叫起来。我的第一感觉是，泰山顶特别宁静。尤其是在云收雨霁、明月当空的这一刻。于是，便按平时习惯起床写小说。不久传来左邻右舍的动静，戴厚英、王安忆、薛海翔他们也都起来了，便一起赶往玉皇顶，据说这是观日出的最佳地方。

整座泰山被云海拥戴着，云海上，峰峦间的山石、林木倍觉清新，可惜没有黄山那样险峻磅礴。我们来晚了，这时候，玉皇顶上的殿宇东侧，殿宇高墙下的岩石上，以及探海石那边，均已经站满了游客，面对东方，在等待日出的那一刹那。我们选了一处，加入了静候群列。气温相当低，穿着军用棉大衣还觉得咽喉不适。云海那端，"海"天相接处，有一抹桃红，被一长条云层遮盖着，最浓最鲜艳的，却是云层尽处的那一抹，我们以为那必是日出之处，给了无限的期待。有人却认为云层太厚，无望地走了。四时五十四分，极红极亮的一点，突然出现了，如一蓬火星，跃入人们的心里，点燃了积聚的希望，在一片欢腾声里，迅速扩大，如眉，如炬……想不到，这轮红日是在离桃红最浓的北部五六米处，并无征兆的淡青色的云"海"天线相交处涌出的。日从海上出，大概那边就是黄海，先前所见的桃红，是光之折射吧？总之，以此作日出图，读者一定是拒绝接受的。在造化面前，却是事实。五六分钟以后，整轮红日全部升起，但未见其腾跃状。据宾馆服务员说，像这样的日出景象，几个月也难以碰到。我们有眼福！我这样说是有资格的：到庐山、黄山、去青岛的轮船上及烟台等地数次观日出，以这次最为满意。

我们趁便游览了玉皇顶上的探海石、仙人桥等处，回宾馆早餐后，动身去碧云寺。因工作人员吃早餐去了，不能进入，甚憾。

七点，动身下山，到中天门由东路下。经壶天阁、斗母宫等处到岱庙。为了赶时间，均未细细观赏。一点半发车，司机路不熟，到晚上十点才回徐州。

途中值得一记的，是微山湖给我的印象。经微山湖，太阳将沉入地平线，金红的一轮倒映在平静无波的水面上，倍觉宁静。泊岸的渔船，搅不碎水中的落日，岸上鱼市买卖声，也打不破这儿的宁静。令人想起电影《铁道游击队》中插曲"微山湖上静悄悄"的旋律，乃一大享受。

1984 年·兰州、乌鲁木齐、焉耆、新和、三岔口、

喀什、泽普、六六团、库尔勒、北京

八月十四日，星期二 今天，随与会者去刘家峡水电站参观。

刘家峡水电站是中国第一座百万千瓦的水电站，自行设计，自行施工，兼有防洪、灌溉、防凌、养殖等综合利用功能。当然，因水电站处于西北高原崇山峻岭间，不可能有新安江水电站一般的宏伟与秀丽，湖面狭小，如若天池。炳灵寺石窟却值得一游。乘游轮上溯三个小时才到达。石窟在临夏回族自治州永盛县黄河北岸的峭壁上，西晋初年开凿，西秦建弘元年（420 年）完工，时称"唐述寺"，是羌语"鬼窟"之意，几经更迭，到明永乐年间取藏语"十万弥勒佛洲"之音译，才有"炳灵寺"或"冰灵寺"之名。山石风化，有三峡的雄姿，山岩如剑如壁，直刺苍穹，而炳灵寺之大佛，据说可与乐山大佛比肩，只差在是泥塑的。有佛洞一百六十多穴，可惜多数在整修，未能一一观瞻。

八月十八日，星期六 上午九点半出发，开始南疆之旅。长途汽车沿着新兰铁路东南行，右边就是天山，也可以说，我们沿着天山东南山麓向东走。

车行一个多小时，又一次经柴窝铺到盐湖。盐湖就在小站后面，一如去年去吐鲁番途中所见。盐，雪白的一

线，凝结在弯弯曲曲的湖水边沿，迎着太阳闪光。小站上都是土坯房。与盐湖之间空旷的野地上，长着一丛丛骆驼刺，其西北面的枝叶上挂满了垃圾，都是风沙送过来的塑料袋、面包纸和烟草的包装纸，荒凉、污秽、杂乱。

车辆中速前行。山，还是像焦炭一般的山。在这儿，松树都无法生长。汽车要在戈壁滩上穿行，经过达坂城就进入天山了。有一条溪流，不涸。沙石滩上长满了胡杨和沙枣，有一种不知名的植物，攀缘于胡杨上，开着柳絮似的白花。有一种骆驼草也开这种花。

北京时间下午一点，到托克逊。在这儿进中餐。这是南疆、北疆、东疆"三疆"交会点，但没有什么标志性的东西。从此南行，均穿行于天山之中，足足有一个小时，两侧山体如削壁，不见一棵草木。四点半，到库米什才有南疆风味。气温明显高于乌鲁木齐。下午六点一刻左右，出天山，又是戈壁。戈壁上长着骆驼刺，很想自成一副绿洲的模样，直到东曲。常有旋风卷起沙尘，笔直，随风而走，如列车奔腾，仿佛特地给我见识一下荒漠孤烟直是何种模样。过东曲，汽车油管出故障。一个多小时后，行程才继续。

过了清水河，戈壁滩上遍布巨型鹅卵石。小者如羊，如鸡；大者若牛，若马。它们的光洁度，均如江南溪滩上的鹅卵石，此时此地，我却要用"小家碧玉"来形容以往所见的所有鹅卵石了。它们分布的格局，也帮我去想象洪荒年代，那一场场致"荒"之"洪"，如何把蛮石从山岩上一块块掰下来，卷着，滚着，冲击着，砥砺着，将它打磨成这样的。

出戈壁，即进入了咸碱地。有苇塘，盛产编织苇席之芦苇。仿佛为人群聚居处做铺垫似的，随之进入焉耆。此刻，晚上九点零五分，如血的残阳落于大漠那端迷蒙的山岚上，景观之壮丽，令人神往。汽车便在这景色中进了停车场，今晚便投宿于此。

夜宿焉耆，很使我亲切。这是我在小学历史课本上便结识了的西域古城，又称乌夷、阿耆尼、喀喇沙尔，文化上与印度较近，与诗人李白、李商隐的祖先都有密切关系（记得郭沫若在《李白与杜甫》中曾经写到）。我们下榻处是标准的运输公司招待所，数百名旅客均在此歇脚。司机王师傅特别热情地安排并款待我们。借了作家这个名称的光，他将四人房给了我们俩。同样要用棉被，但我从来不曾看到过如此厚实的御寒物。我想，此地招待人员不是笨蛋，这么厚实一定有这么厚实的原因。这些都不是问题，请王师傅提供一点游览的方便，倒是最要紧的。

八月二十五日，星期六　上午，笔会未安排讨论或集体活动，趁空去参观恰斯古城。

　　恰斯，也叫迦师、迦莎。如果说，我们见到的喀什是颇具现代化的城市，那么，到了恰斯就像一步跨进中世纪了。

　　真正是一步之隔！就在颇具现代建筑风貌的区政府大楼后面。从一条布满了厚厚尘土的道路一进入，一堵土城的遗迹，就横亘在几幢砖石建筑的楼房中间。这就是当年的疏勒城墙。前行百余米，有一条横道，横道内为皆平顶方正的干打垒民房，高高排列于土坡之上，这就是恰斯古城。环城小街，就是当年的护城河。街上都是尘土，起码有寸把厚。骡车在其间奔驰。临街的几乎都是生产刀具的铁铺子，纯粹手工操作，挥动铁锤，锤打置于铁砧上烧得通红的铁块。其工具，其动作，其情其境，与我幼时所在的江湾镇所见一般无二。不同者，他们磨刀石是用圆盘砂石，打磨时，用皮带牵引。居民坐于家门前，孩子滚爬于地上，皆尘土满身。很难相信，供我们进出的，竟是当年"皇帝"出入的大城门。

　　意外的简陋，但同样有简陋的吸引力。没有时间全境游览，由李恺引导，进入最具中古遗风的艾格来克其巷。巷狭数尺，弯弯曲曲地深入，房屋皆是泥壁、方顶，与别处不同的是用上海弄堂口那种"过家楼"方式，使房屋与房屋相连，让居民从房屋之间的门洞式"楼下"进出。据说，意大利那不勒斯的一些居民区也是这样的，可见这里与欧洲文化发展的关系。我们选了较宽敞的一家进去做客。主人是汽车司机，笑脸相迎，带着一些炫耀的口吻，用不很熟练的汉语，介绍他如何在改变现状。他在旧建筑物间用一万七千元钱建造了一幢两层房屋，有地窖，建筑之考究，叫人眼红。家具尚未安放，只铺了几块大地毯，每块价格五百余元。在这里，汉语几乎不能通用。男女老少都只能用维吾尔语沟通。

此情此景，只觉得我们不仅进入了另一个世界，而且是另一个世纪的世界。

可惜，从全局审视，正是这种追求新生活的冲动，这一旧城旧貌没有得到充分保护。在另一处，有几米高的一堵土城，是西汉时期所建，1958年有数百米长，被定为自治区重点文物，如今已经被当地农民挖掘得不可辨认了。

离开恰斯古城，我们先到艾提尕尔大清真寺前拍照留影，再到艾尼江热斯坦巷的巴扎（即有名的"香港街"）游览。都是衣物，从边境进的货，价格均不贵。

1988年·昆明、大理、保山、芒市、瑞丽、腾冲

九月二十日，星期二　今乘4245航班来昆明。两千余公里，两小时四十分钟到达。这是我到乌鲁木齐以外，历时最长的一次空旅。

到达昆明机场，方知吴善龙开给我的航班搞错了，加急电报到了《滇池》杂志刘延昌手里也枉然。幸亏我备有《滇池》杂志编辑部的电话号码，得以及时取得联系，民航班车所到的售票处，离《滇池》编辑部所在的红棉大楼也不远。

正逢云南民族艺术节，来自各州县、地区的民族文艺队成员有四万多名，还有数千名来自外省市、地区的参与者及国际来宾，昆明的宾馆、酒店、招待所都爆满了。我只能在红棉大楼住宿部暂时落脚。这是一个不是招待所却类似招待所的地方，条件好坏都不论了。

昆明与广州市容迥然不同，显得非常质朴。虽然到处在盖水泥大厦，但均以民族翘角顶盖，橘红色的琉璃瓦为基本特色，连路灯的灯罩也是这种风格。满街是银桦和桉树，广州那种随风飘拂的气根撩拨行人的榕树，仿佛与她绝缘。

九月二十二日，星期四　一大早，赶七点的旅游车去石林。此景点在路南彝族自治县境内。须经呈贡、宜良县境。旅游车误点，路南段又在修马路，十一点方到。

所谓石林，是熔岩以青灰色石笋形状密集凝成的自然景观，来此报到的我，浮光掠影，无法对它做整体描述。它与浙江瑶琳仙境的区别，是一个在岩洞中，一个在地面上。在中国这种景点相当普遍，但是论气概的宏大，形象的多姿多彩，却很少有超过这里的，前人已经对它用"雄、奇、险、秀、幽、奥、旷"七大特色融为一体做了概括，并授予她"世界喀斯特的精华""造型地貌天然博物馆"等桂冠。耸入云天的石柱构成的入口，就给了我一股压迫的气势。到了最负盛名的大石林、小石林、步哨山等核心景区转了一圈，不能不赞同前人对她的赞誉，大石林的剑锋池周围，七大特色的融合，可谓尽态极妍，令人叹为观止。不过，其形其状，也要视观赏者的想象力而定。另外，此地如此令人向往，还因为阿诗玛的神话传说，加上电影《阿诗玛》将神话传说形象化、普及化了。当然，和其他旅游胜地一样，此地出售的纪念品，从背篼到男女马甲，无一不是这种神话传说的演绎，一概绣上了"阿诗玛""阿黑"的字样。导游是一位姑娘，和阿诗玛一样是彝族撒尼人，全套民族服饰，使旅游者完全沉浸在这种文化氛围之中，无论男女，不论什么民族，不着这样的服饰与石林合影，仿佛就辜负了情，虚度了此行。这不仅帮服饰出租者赚了钱，更是一种广泛而深入的传播。

几个核心景区转下来，颇累乏，却获得了不少喻世感受：站在石林丛里仰头看，这一座像狮，那一尊像虎；这儿像双鸟争食，那里是骆驼驮象；这一块像雄鹰，那一堆像驯犬……然而，攀缘到顶端往下一看，什么都不是，恍然间只有这样一个感悟：就是这些石头构成的只能在狭缝间寻找通道的环境，给了人无穷无尽的想象，才叫人领会这个世界生存、发展的艰难；人们因这些成林的石笋生发出来的神话传说，优美、迷人，在如醉如痴之中，同样包含着世态人性的无比艰辛！闻名于世、慕名已久的云南石林，给我的这些启悟，或许会教我对世事多一些达观，从烦恼中解脱出来，超然物外，避免在狭窄的石林狭缝中兜圈子，不是煞费心机想当什么狮子老虎，就是把这些石狮石虎当真，俯首帖耳，唯命是从。不管怎样，都会丧失自我。应当登高俯视，才会发现真正的自己，正确对待世界，对待人生。

九月二十四日，星期六　滇池之滨云遮雾罩中的西山龙门，在"孔雀公主号"上那一瞥，令我难以忘怀。今晨抓住交通管制时间，去了却这个心愿。

匆匆去，匆匆回。虽然走马观花，但华亭寺这些景点却印象深刻。最难忘的是龙门之雄伟，悬崖上栈道之艰险，只要一涉足，"上接云霄，下临绝壁"的气势，心魄不由得不惊悸；摩崖上各种题刻不少，其中有一佚名联语，"举步艰危，要把脚跟立稳；置身霄汉，更宜心境放平"，世上警言多多，却没有此时此刻、此地此景中阅读它更深入人心了。不必去寻找种种美丽的神话传说，紧临"高原明珠"的万顷碧波，崖险水渺，连成一体，叫人想到天地之宽广，山光云水的多彩，都在展示生命无穷的同时，也不要忘了步履之艰险。真的碰到了艰险，甚至受到挫折，也无须怨天尤人。人生毕竟是人生，脚跟一立定，就能够如华亭寺大门前那副楹联所昭示的一样，"绕寺千章松苍竹翠；出门一笑海阔天空"！

午后，到邮电大楼前，观看首届云南民族艺术节的开幕式。人山人海，挤在路边等了两个半小时才开始。不过，这一份付出是值得的。在这里，云南省内各民族的服饰和舞蹈，差不多都看到了。傣族的象与马鹿舞；水族的水纹衣饰；纳西族的崇尚太阳；景颇族拉祜族的葫芦中产生了他们，等等，都在舞蹈中体现出来了。其他像烟盒舞，将彝族的化腐朽为神奇的智慧、怒族剽悍激越的性格，均以舞蹈语言体现得惟妙惟肖；楚雄彝族的左脚舞，象征每一步都要踩在土地上，表达了对土地的热爱。汉族与其他民族则不一样，融合了云南各族的生活风尚与民族气质，由扇舞组成的山茶花之舞，就是突出的一例。有人说，"云南大山分割了云南各民族，又联结了云南各民族"，信然！我为恭逢此盛会而深感庆幸！完全忘记了两天前听到的关于"民族文艺商品化"的种种非议。

十月七日，星期五　告别保山，乘班车到下关，匆匆寄存行李之后，直奔大理。一周之前，对于西南这座名城，雨中看景，囫囵吞枣，心有不甘，今天补课来了。

值得！名城古老，旧城以外，原来还有一条繁华大街。特色鲜明，正如质朴的少女，有的是它古城的本色而少现代文明的铅华。店家除大理石制品以外，还有蜡染的布料和服装，我和小房都买了不少。匆匆赶回下关，赶乘豪华型旅游车返回昆明。

这也是一种经验。车上设有彩色录像放映设备。夜半到达南华县境，还有消夜供应，已过午夜到了凌晨，街道两边居然还有不少摊贩，赚一点儿钱也够辛苦了。

从瑞丽、腾冲自南向北行走，商品经济的发展，却是从北往南逐渐推进的，这一趋势清晰可见。我们算是在一两天之内亲身体验到了。

1989 年·金华、白沙镇

四月二十二日，星期六 上海作家协会小说组的部分成员，今年的采风活动选择到浙中，于今天下午乘 85 次列车来金华。都是自愿组合，同行的有鲁兵、阿章、戚泉木、姚克明和丁景唐等。王西彦和傅艾已于前一班列车先行。

1956 年，我来金华考大学以后，就没有再来此府治所在地，暌别三十三年了。到达时，雨雾迷蒙，又是深夜，看不清市容。已调至金华文化局的方竟成，把我们接到望江宾馆下榻。

四月二十三日，星期日 雨很大，好像故意不愿帮我们忙的样子。

上午，先到八咏楼游览。八咏楼，建于南唐齐国隆昌元年（494 年），距今一千四百余年，本来叫玄畅楼或元畅楼，坐落于义乌江与武义江（双溪）汇合处。初建时，沈约在此题诗八首，大作文章，声名之盛，竟以"八咏"称之。嗣后，骚人墨客来此，都以赋诗附和为雅。金华是李清照南下生活的地方，留下了许多脍炙人口的诗词，当然不会错过借此抒怀的机会。这位以离愁别恨，感动了千万远离了故土的庶民百姓的女词人，不出手便罢，一出手，便以其宏大的气魄与缠绵入心的愁绪，熔刚柔于一炉，以《题八咏楼》一诗，力压群雄，气逼宿儒，覆盖了沈约的才华而流传于世，也成为今天来此游览者吟咏玩味的重点。不吟咏一番，仿佛就未领略此情此景，等于没有到此一游："千古风流八咏楼，江山留与后人愁；水通南国三千里，气压江城十四州！"三十余年前来考大学时，这是我的必游之地。就因为这，今天依然如初来时那样兴致勃勃，多年怀乡的心绪尽释。

接着去侍王府游览。侍王李世贤（1834—1865 年），是太平天国忠王李秀成的堂弟。侍王府是他在太平天国后期，率兵十万，以金华为驻点所建的府邸。具有浓厚的农民起义军的特点，功未成而大兴土木，精设住宅，讲究排场。大专毕业那年，读历史专业的我，曾经到南京天王府去参观。作为这支农民起义军的文物，此地与南京等地方有显著的区别，就是壁画多，南京等处壁画中没有人物，此地却皆为人物画，打破了史学家罗尔纲等人的太平天国壁画不画人物之论断。画中人物均为民俗活动，生活气息甚浓，甚至有樵夫歇息于道旁，抱住树干跷起腿脚，请人挑脚底柴刺的画面。可惜，曾被充当金华一中的校舍，损坏颇多。保存较好的是梁檩上的彩绘，色彩尚鲜艳，成为侍王府的一大特色。

接着游览婺江公园。此地原为江滩，利用挖防空设施的泥土堆垒而成，临江布绿栽花，再建一座邵飘萍先生的塑像，情景交融，自成一番风景。

鲁兵、圣野都是金华一中的校友，下午校友会的活动，我们随他俩前往，并观摩了两折婺剧《白蛇传》和《拾玉镯》。然后与金华市作者见面，以递条问答形式开展，场面颇热烈。年轻人对拙著《大上海沉没》颇为关注。

四月二十四日，星期一 天放晴了。今天参观金华一中新址，离市区二十公里，原是劳改农场。1958 年，从侍王府迁到这里，却一直在争取搬回市区去，校舍陈旧不堪也不加修缮。学校安排我们与学生见面座谈。鲁兵、圣野因校史留名，成了师生的明星。重点中学，学生均为学业所累，关心文学者甚少，无可记者。我倒很想到当年考大学的金华二中去，惜无机会。

　　下午驱车去双龙洞。这是我早就向往的。在金华北部十五公里的金华山西南山麓。林木茂密，景区内有双龙、冰壶、朝真三洞，分别以"卧船""观瀑""赏石"为特色。先去冰壶洞。里面有郭沫若的题诗。瀑布在洞内三十多米深处，是当今世界上稀有的两道溶洞瀑布之一。落差达二十余米。瀑流飞悬，声若惊雷，水珠成雾，蒙蒙然，如气体之蒸腾，形成"一瀑垂空下，洞中冰雪飞"的"风""雾"奇观。可惜，瀑下的洞穴不通，否则，还不知有多少奇景异色可以满足我们的好奇心。

　　继而游双龙洞。此洞吸引人之处，唯入洞时之行船。随水仰卧而进，就是所谓"卧船"，惊而不险，古人描写此景此情，"千尺横梁压水低，轻舟仰卧入回溪"，果真不谬。至于洞内的景物，凡游过七星岩、瑶琳仙境者，都觉得过于平淡，对景物的命名，也太牵强了。朝真洞因太高而未去。

1989年·江苏金坛、扬州、丁蜀镇

五月十日，星期三　雨。午后放晴。今天，为《萌芽》一年一度的文学奖活动来到江苏金坛。这是获奖作者储福金的老家，安排活动有颇多方便之处。坐大客车八个小时。

宜兴民居特色：砖木结构，多为二层楼，门高狭长，窗小，明显与别处不同。

下榻县第一招待所，三人一间，我与李其纲、傅星同室。

晚宴在"开一天"酒家举行。"开一天"，好独特的名称！有典故。在抗战期间，此店开张三天仍无店名，有人站在门前指手画脚，说，名不正则言不顺，开店做生意怎么不图这个"顺"啊？在一边的叫花子大不以为然，张嘴嘀咕，这种年月，开一天算一天，取啥名号啊。店主一听，如获至宝，断然拍板，好，好，就叫"开一天"。可谓超凡脱俗、独树一帜，让我立即想到了苏州拙政园里的"与谁同坐轩"。那是西园小岛上一个圆形傍水亭轩，轩名来自苏轼的《点绛唇》上阕"与谁同坐？明月清风我"。让"我"，包括置身于这一山水美景中所有的"我"，都能与风月平分，与自然同在。多么恬淡的意境，多么洒脱幸福的人生！"开一天"，普普通通三个字，说不尽国难当头时日，国运的危急，民生的艰难，一餐不易，提示来此把酒品肴者，千万勿忘国民的责任。这种店招，就这样在毫不起眼的街衢一角不期而遇，可见吴越文化之细腻、含蓄及其广度和厚度；当然，这更是高雅的艺术，用极普通的词语或平凡的生活现象，传递那些只能意会的思想境界。

③

男儿光彩在毫端

—— 走进修水黄庭坚故里

刘庆霖

最近读黄庭坚，越发感到"不读古人书不可小觑古人，读了古人书方知古人不可小觑"的道理。而等我到了黄庭坚故里修水，则又有新的感触。

因为参加"诗旅江西"文旅融媒体推广活动，我来到江西修水县的双井村。这里，一座黄庭坚雕像巍然屹立，他手握书卷，目光如炬，注视着这一方伴随他出生、成长，出去游学为官，中年仕途失意时曾回来悟道、疗伤，死后又安葬在这里的灵山秀水。修水是他生命的起点，也是他生命的终点，更是他生命中挥之不去的乡愁。作为诗书后学，我将在这片人杰地灵的土地，触摸一代文化巨子生生不息的脉搏。

时光回溯到 1045 年，黄庭坚呱呱坠地。分宁（今修水）黄氏是进士世家，黄庭坚的祖辈共有同族兄弟 13 人，其中 10 人考中进士，包括黄庭坚的父亲黄庶，当地人说是"十龙及第"。有一次，黄庭坚的舅舅李常到他家里，随手抽了几本书提问，他竟然对答如流。李常惊呆了，逢人便说这个外甥"一日千里，必大有为"。果然，黄庭坚七岁时就因一首诗而被誉为"神童"："骑牛远远过前村，吹笛风斜隔陇闻；多少长安名利客，机关用尽不如君。"这首《牧童诗》与骆宾王的《咏鹅》相比，全无孩童的天真之情，倒像是一个老政客倦怠了朝堂上的争斗后的幡然醒悟之作。

八岁那年，黄庭坚跟随父亲去送乡人赴举，饯别宴席上，有人听说黄庭坚的诗名，想当面考考他。黄庭坚略一思索，顷刻而成一首《送乡人赴举》："青衫乌帽芦花鞭，送君直至明君前。若问旧时黄庭坚，谪在人间今八年。"唐时，贺知章读罢李白诗作惊叹不已，称其为"谪仙人"。黄庭坚八岁自喻"谪在人间"，其才气和灵性可见一斑。宋人所撰写的《道山清话》中，还记载有黄庭坚幼读《春秋》的故事，其中诸多细节，经人口口相传，堪比演义。

譬如：黄庭坚夜读《春秋》，喜而不寐，睡而复起，以致一夜三点灯；他勤学苦练书法，书房窗外的几株幽竹被他甩出去的墨汁染黑，从此修河旁多了一种枝干黑油油的墨竹；他与村里儿童嬉戏时，曾用"打水漂"之法将一片石子同时掷入村口双井中，等等。

1059 年，黄庭坚父亲去世，十四岁的他，跟着舅舅踏上了淮南游学之路，一颗新星自此在北宋文坛冉冉升起。黄庭坚在扬州被当时的大诗人孙觉赏识，将女儿兰溪许配给他。1066 年，21 岁的黄庭坚参加乡试，他试卷中的一句"渭水空藏月，传岩深锁烟"令主考官李询击节称绝，谓"此人不惟文理冠扬，异日当以诗名擅四海"，取为第一名，时人称为黄解元。次年，赴京再试，高中进士，授汝州叶县县尉。"白鹤去寻王子晋，真龙得慕沈诸梁。千年往事如飞鸟，一日倾愁对夕阳。遗老能名唐郡邑，断碑犹是晋文章。浮云不作苍桑计，只有荒山意绪长。"这首诗名为《初至叶县》，从中可以看出黄庭坚诗的特色：不仅对仗工整、平仄全律，而且长于用典。他善于将眼前的景物同心绪结合，诗中有一种挥之不去的淡淡愁绪。

以学识见长的黄庭坚在汝州没待多久，第二年便被任命为国子监教授，并被文坛大佬文彦博器重，在此任上一待就是七年。此间，他致力于诗歌创作，在艺术技巧上有较大的提高。也正是在这一段时间里，他拜投于苏轼门下，成为"苏门四学士"之一。苏轼对其大为赞赏，称他"超绝尘，独立万物之表，驭风骑气，以为造物者游，非今世所有也"。

由是诗名大振。苏轼与他既是师徒，也是君子之交。在与苏轼及其他门人相伴的三年左右时间里，他们切磋诗文，研习书画，这几乎是黄庭坚一生中最快乐的时光。多年后，被贬途中的黄庭坚，听闻苏轼去世的消息，失声痛哭。他在屋里悬挂苏轼的画像，每天穿戴整齐，毕恭毕敬地向画像焚香行礼。

神宗朝党争炽烈，新党王安石和旧党司马光的争斗愈演愈烈，黄庭坚作为旧党苏轼的弟子，自然"被站队"，卷入党争的旋涡。他在德州任官时，拒绝推行新政"市易法"的有关条款，由此种下了后来遭受贬谪的祸根。"我居北海君南海，寄雁传书谢不能。桃李春风一杯酒，江湖夜雨十年灯。持家但有四立壁，治病不蕲三折肱。想见读书头已白，隔溪猿哭瘴溪藤。"这是他在德州写给朋友黄几复的诗，其中的第二联可以说是黄庭坚诗中最著名的句子，14个字道尽了朋友的深情——曾经的美好，如今的别离，各自的苦难和洒脱都在诗里了。

及神宗驾崩，高太后执政，旧党得势，黄庭坚旋被召回京师，参与《资治通鉴》的编校工作，并擢起居舍人。

但哲宗亲政后，新党上台，黄庭坚被贬为涪州别驾，赶至黔州（今重庆彭水苗族土家族自治县）安置，后又移迁戎州（今四川宜宾市），寄居在一座寺庙中。此时的黄庭坚已心如死灰，他给自己的居所起名为"槁木庵"。"万里黔中一漏天，屋居终日似乘船。及至重阳天也霁，催醉，鬼门关外蜀江前。莫笑老翁犹气岸，君看，几人黄菊上华颠？戏马台南追两谢，驰射。风流犹拍古人肩。"这是他被贬黔州后作的一首《定风波》，历代通常认为黄庭坚是以诗闻名天下，词非他所长，但其实我们看这首词，写得真是潇洒。虽然自称"心如死灰"，但该词意象别出，波澜雄阔，身处逆境而毫无衰飒意味，从中能看到乃师苏轼那"一蓑烟雨任平生"的风韵，不同的是，黄庭坚还多了些"付与时人冷眼看"的傲岸。

朝堂斗争在继续，哲宗去世，向太后听政，黄庭坚辟为吏部员外郎，后又被任命为知太平州，但未及成行便被罢免。原来，徽宗亲政，新党重新掌握政权，对旧党的迫害更加残酷。黄庭坚被诬告"幸灾谤国"，押解至今广西宜山监视居住。这一年黄庭坚57岁，朋友都为他担忧，他却笑着说了一句："宜州者，所以宜人也。"硬生生替那贬谪之地做了一个最宜居的广告。在宜州，黄庭坚写下了《虞美人·宜州见梅作》："天涯也有江南信，梅破知春近。夜阑风细得香迟，不道晓来开遍、向南枝。玉台弄粉花应炉，飘到眉心住。平生个里愿杯深，去国十年老尽、少年心。"人生没有几个十年，但即便在命运的颠沛流离中，他仍能把感慨献给美好的事物。

1105 年，黄庭坚病逝于宜州，享年 61 岁。南宋高宗时追封其为龙图阁学士，加太师，后又获谥号"文节"。这个命途多舛的帝国边缘人，死后却让历史深深铭记了近千年。他与苏轼并称"苏黄"，成为宋朝诗坛的双子星座。以黄庭坚为中心，形成了中国文学史上第一个有正式名称的诗文派别——江西诗派，雄踞两宋诗坛，影响深远。在词作上，黄庭坚与秦观并称"秦黄"，他"以诗为词""以俗为雅"的革新做法，对辛弃疾、姜白石等南宋一流词人均产生过影响。在书法上，黄庭坚更与苏轼、米芾、蔡襄并称为"宋代四大家"，沈周、文徵明等书法大家都是他的"小迷弟"。

有意思的是，黄庭坚生前并未着意建立江西诗派，死后却被奉为江西诗派首领。江西诗派的研究者胡迎建认为："北宋后期，以黄庭坚为中心的诗歌流派逐渐形成了，而促使这一派声势壮大、影响深远的是吕本中作的《江西诗社宗派图》。其实黄庭坚在世时，并无江西诗派的说法。"江西诗派强调"脱胎换骨""点铁成金""以故为新"，即或师承前人之辞，或师承前人之意；崇尚瘦硬奇拗的诗风；追求字字有出处。在创作实践中，"领略古法生新奇"（黄庭坚《次韵子瞻和子由观韩干马因论伯画天马》）是继承后的创新。这些主张和创作风格一直影响至今。

修水汤汤，奔流千年。如今的修水县城，以修河为界，分为城北、城南两部分。站在古老的修河桥上眺望，两岸青山如黛，白墙青瓦的民居半隐半现，如诗如画。葱翠的杭山脚下，修河从这里经过时，沿着山势转过一道弯，弯处河床开阔，平展如镜，状如一道新月，称为"明月湾"。背靠杭山、面朝明月湾之处，便是黄庭坚的祖居地双井村。据传，村前河口处有两口相连的井，相距不过数尺，井水清醇甘洌，双井村由此得名。黄庭坚又称黄山谷，修水人向来以"山谷故里"为荣。"山川深重，可以避世，无若分宁者。"或许，黄氏先祖移居分宁时是出于避世考虑，但从这山川深重中走出去的，却是一群以黄庭坚为首的人中龙凤，他们留给历史的是丰碑般伟岸的身影。

"落木千山天远大，澄江一道月分明。"这是黄庭坚的诗，也是他的基本风格。江西诗派源远流长，千年后仍然有人追随。我在《过黄山谷故里》中写道："一派千年虽有踪，入云远路亦朦胧。谁能走出黄山谷，立在苍茫峰上峰。"新时代要有新的诗词气派，我们呼唤"新江西诗派"的出现。

4

汤显祖故园行

查振科

　　20 年前，台湾白先勇先生在苏州昆剧院排演青春版
《牡丹亭》，我得以观看彩排，随即又受邀到台北大剧院观
看《牡丹亭》首演，并参加"汤显祖与牡丹亭"学术研讨
会。虽然在大学课堂上汤显祖与他的剧作是老师必讲的内
容，但时间的流逝使曾有的了解渐渐模糊，那次与《牡丹
亭》的邂逅让我对汤显祖的文化形象又变得清晰起来。青
春版昆曲《牡丹亭》在国际巡回演出，轰动效应此起彼
伏，让这位 16 世纪思想解放的先驱、中国的莎士比亚被
国际社会广泛知晓。嗣后，江西师范大学把《牡丹亭》搬
上舞台，我有幸在南昌又以赣剧形式领略《牡丹亭》的艺
术魅力。我过去的工作经历与戏剧有关联，但前后若干次

履迹江右，一直未得便往谒汤显祖故里。此番因为参加"诗旅江西"采风活动来到抚州，使我得以一偿夙愿。

人间四月，甫入中旬，始在庐山西海与修水流连。忽而雾笼青山，细雨湿衣。但闻微风送馨，山鸟鸣桑。忽而嫩阳高照，飞絮亲鬓。宁州老街游人摩肩接踵，陈宝箴故里桐花映日。4月13日，我与张德义先生一起，自南昌乘车抵达抚州。

暮色中，抚州街灯灼灼，楼静人熙。晚上，抚州市文化广电新闻出版旅游局局长谭玉英带我们前往文昌里观看大型实景演出《牡丹亭》。灯光迷离，人影幢幢，但见杜丽娘与柳梦梅声情并茂，舞于高台水榭。谭局长相告，汤显祖故里汤家山就在文昌里对面。又云数百年变迁，其故居已不存。虽然遗憾，世事沧海桑田，也是情理之中。而其美文佳构已长留世间，代有追慕诵读者络绎不绝，又是何等幸事！抚州文广新旅局赠我一套"临川四梦"，夜于客栈中摩挲再三，展读良久，一如与汤翁对晤。

恍惚中，觉得汤翁是一个现代人，穿越数百年时空，来到传统与现代交替的五四分水岭，向着世人大声呐喊个性解放。在数千年的传统宗法社会中，女性始终在男权的压制之下，只能是男性的附属品，没有个性独立，没有真正的自由，尤其是自己的婚姻，完全没有发言权，只能是

"父母之命，媒妁之言"。汤显祖把觉醒的意识、主宰自我的行动赋予他心爱的人物杜丽娘。《牡丹亭》刊印之后，多少女性爱不释手，泪洒卷帙，渴望能像杜丽娘那样，争取个人的自由与幸福，这部剧作蕴含的巨大的艺术感人力量由此可见一斑。

汤显祖无疑是一位真正的诗人、一个诗性的生命。他那对人类、人性的深情关注，那磅礴充沛的情感力量，那奇幻、出人意表摄人心魄的想象，那华美精致的语言江河，非鸿篇巨制不能尽其意。他以人物命运为诗，以故事顿挫起伏为诗，在语言华服之下，是他那一颗炽热的悲悯之心。而且他写剧的同时也写诗，有诗数卷存于世。

汤显祖也是一个思想家。优秀的诗人或者剧作家、小说家，必然有对宇宙、社会、人生、人性深长而独到的思考。《邯郸记》与《南柯记》同样是借梦境来隐喻真实世界的尔虞我诈、得失枯荣，无论是磁枕中的世界还是大槐安国，演绎的都是人间美丑、人性善恶，而又以梦醒来暗示功名利禄的虚妄。

4月14日，我们乘车向西南的乐安县湖溪镇而去，那里有个久负盛名的古村落流坑。村落周围高耸的巨樟，已经告诉了我们它的悠久历史。这种古村落是中国传统宗法社会聚族而居的典型缩影，房屋的结构与徽派大同小异，只是外墙是窑砖的本色。如果时光返回到100多年前，那时的广袤土地上，远远近近都分布着这样的村庄。也完全可以想象，当年的少年汤显祖在巷道中奔跑追逐，赶往村中私塾上学的情景。下午回到抚州，参观完市博物馆后，在落日的余晖中登上雄伟壮观的拟岘台。这座建于北宋又经过多次重建的楼台，与幽州台、鹳雀楼、郁孤台并称天下四大名台。无数文人墨客在这里留下了诗，留下了故事，供后人凭吊、遥想。曾巩、晏殊、王安石、朱熹、陆游、陆九渊、文天祥、八大山人、曾国藩等均来此登临。汤显祖也在这里留下了诗篇。他在家乡生活的漫长岁月里，每年甚至不止一次来到拟岘台。或夏日晴空，远山岚烟轻笼，眼前抚河岸阔波平。或逢风雨如晦，江山一片茫茫，愁肠百结，思接千载。只是其所属之时，正逢古台圮坏未修。睹此境况，当尤生兴废之感慨。

4月15日，参观王安石纪念馆及游览文昌里诸景点。王安石的家乡属于抚州西北的东乡县，出生地为江宁。他与汤显祖称得上抚州最具有影响力的两位文化名人。王安石志高行洁，为官刚正不阿，诗文皆可彪炳千古，唯其熙宁改革，在历史上饱受争议。我对这段历史无所深入，然窃揣其均输、青苗、免役、市易、均税诸法，意皆似为民松绑。汤显祖对这位家乡前贤应是崇敬有加。继而游览万寿宫，此为文昌里的一处道教建筑。文昌里老街如今修缮一新，保留了老建筑的旧有特点，而新建也与之协调。这里还有一座天主教堂，据说建于清光绪年间。汤显祖故居已无遗迹可寻，但所在地建筑墙面斑驳，年代亦久，颇有岁月沧桑之感。路过也顺便瞻仰正觉寺及正觉寺塔，未及进。王安石回故乡时来游此寺并作诗，汤显祖来寺也曾作一诗：人生苦短千万虑，放下不如喝茶去。涤得内心空世间，清香一口入禅意。谢灵运纪念馆展现了谢灵运生平，他对山水诗的贡献，他与临川的关联。

终于来到汤显祖纪念馆。大门内主道中央立着汤显祖塑像，长衫飘飘，背手似行，目含悲悯，垂视世间。楝树正在开花的季节，淡淡的花香在空气中弥漫。入得馆中，有关汤显祖学校与家庭教育、阅历行藏的介绍，以及对他的诗文创作及"临川四梦"的介绍。最令人难忘的几个细节，一是《牡丹亭》刊印后，一位女子日日诵读，情难自已，竟至殒命；还有一位女子执意要给汤显祖做妾，为汤显祖坚拒。二是他所立人生戒律《四香戒》："不乱财，手香；不淫色，体香；不诳讼，口香；不嫉害，心香。"三是他在临终前作诗7首，题目分别是：祈免哭，祈免僧度，祈免牲，祈免冥钱，祈免奠章，祈免崖木，祈免久露。无需更多诠释，其所主张的价值、思想，不能不在人们的心头产生轰鸣的回响。

汤显祖所处的是一个思想相对活跃的时代，与他同时代的江西人罗汝芳提出"赤子之心"之说，福建人李贽提出"童心说",应该说都是强调个性回归,而这也正是汤显祖在《牡丹亭》中所主张的,他也由此成为明末黄宗羲、顾炎武、王夫之等启蒙思想的先行者。明朝中后期发生的思想解放的潮汐,是中华文明在先秦之后、两宋之后再一次扬起向着更高文明迈进的思想风帆。汤显祖既为环境所造就,亦是造就环境者,是潮汐中的一朵浪花。

作为思想解放的先声、文明进步的先驱,除了时代的惠顾,汤显祖自身也是天赋异禀。他少年时就能作诗属对,加上本为书香门第,又有名师教导,为后来的戏剧创作夯实了基础。美丽的江南山水,深厚的文化沉淀,自然会孕育出生生不息的优美的灵魂。《滕王阁序》所盛赞的美景岂止是豫章所独有,抚州乃至整个江南西道,随处皆是诗意图画。一个人的文学想象力、创造力,离不开他对大自然的感受与记忆。"临川四梦"无疑也包含着自然山水对汤显祖的馈赠。抚州是人才之乡、文化之邦,众多先贤的故事、著作与成就也启发了他,滋养了他,成为他跻身贤者行列的动力与助力。

汤显祖的成就与他的文学天赋有关,也与他刚健正直的性格有关。他宁愿不取功名,也不委屈自己的人格与权贵合作。他痛恨人间的不平,认为任何与不公的妥协都是对自己良知的出卖,是与奸佞合谋戕杀正义。所以,他虽有满腹经纶、治世良策,仕途却尽是坎坷,致使他最终辞官归里，潜心创作。他的作品闪耀着人性的圣洁光辉，与他的高尚人格相表里。

汤显祖 20 多岁即寄居南京，求学为官，只有短暂地被贬外放，直至辞官归里。这段人生阅历举足轻重。一是江左作为当时的文化发达地区与全国副中心，其视界与开放程度非江右可比，这使得他同时具有江右江左的文化眼光。二是宦海沉浮，令他深切体会世态炎凉、世风浇薄，从而能以冷静理性的态度剖析人性、理解人心。

在汤显祖生活的年代里，抚州是一个多元文化并存的地区，佛教正觉寺、道教万寿宫都有很大影响力，儒家、道家思想自不必说。13 岁时他就听过罗汝芳的讲学，也从此接受了这一派的思想。40 多岁时游历岭南，又在肇庆接触了天主教传教士。在火车还没有到来时，赣江是南北交通的大动脉，连接着长江与珠江水系。临川虽非紧傍赣江的城市，但外面世界的资讯也会很快传到这里。所以，即使是晚年长期居住在乡里，他依然可以了解外面世界的动态，而不至于保守自固。研究汤显祖及其创作，这些因素都不应被忽略。

离开了汤显祖纪念馆，离开了抚州，离开了江西，汤显祖这个名字仍一直在我的脑海里回荡，促使我以深深的敬意写下上面的文字，且以小诗作结：

明人汤显祖，郡望抚州府。

五岁擅属对，少时营诗圃。

文章千古事，经纶满胸腑。

功名当有节，岂可有价贾。

慨然挥袖去，羞与权贵伍。

治世献良策，犀辞斥朽腐。

毅然挂冠去，回乡侍田亩。

笔下成四梦，风标高独举。

5

铜鼓声声撼大江

张逸云

长江以浩荡之势出三峡，入荆江，朝南岸踢出一脚，江面画风突变，呈现"乱石穿空，惊涛拍岸，卷起千堆雪"的恢宏气势。

我站在岸边，放眼看去，四周矮丘绵延，峰峦叠翠，灌木围绕，一座形似铜鼓的山丘临江挺立，仿佛蜀国骁勇大将关云长威风凛凛地坐在赤兔宝马上，手持青龙偃月刀镇守于此，大有"一夫当关，万夫莫开"的架势。

这座山名叫铜鼓山，位于湖南岳阳市云溪区陆城镇，千百年来默然站在长江水边。虽然山地海拔不过百米，像平卧的馒头一样，走势平淡无奇，却堪称江南山丘的一座丰碑，享誉古今。

相传，山顶悬着一面周身雕龙画凤的铜鼓，每逢太阳升起的时候，大鼓不敲自鸣，声音洪亮悦耳，数十里外都能听得到。如此神奇的铜鼓，引发了一个渔夫的贪念，欲偷盗之卖钱。铜鼓高高悬挂，无从下手，渔夫瞅准捆绑铜鼓的绳索，挥舞利刃奋力割扯。然而，任凭他万般折腾，黄草绳始终纹丝不动。盗劫者最终筋疲力尽，愤然而去。夜半时分，乌云翻滚，月光时隐时现，长江风起浪涌，铜鼓忽然长鸣不止，震耳欲聋。两根黄草绳自行崩断，化作雌雄两条黄龙，一头扎进长江滚滚波涛之中，闪闪发光的铜鼓也不翼而飞。从此，铜鼓山变得死一般沉寂。不久后，那个贪婪的盗劫者不明缘由地暴毙了。

长江一泻千里，铜鼓山相伴相依，演绎了一段段惊心动魄的传奇。3500多年前，秋风凉爽，艳阳高照，商王率领众人渡过黄河，越过长江，浩浩荡荡登上铜鼓山，在此筑起土城，播种谷物，酿酒渔猎，烧陶铸鼎，开枝散叶……

铜鼓山是长江以南时代最早的一处具有商文化盘龙城类型的商代早期文化遗址。商人南下最初的原因，是商王朝政治、经济、军事力量强大后，希望在长江以南建立自己的势力范围。铜鼓山独特的地理位置，决定了商人以它作为江南的重要军事据点，或者说桥头堡。

纵观商时期长江中游地区各种考古学文化的分布态势和楚文化入湘的年代、路线，铜鼓山恰好处在各种古代文化相互撞击、联系、融合的文化点上，是商人和楚势力控制的战略要地。从这里顺江而下，东北可达商代盘龙城，或转道宜春南下，或者直接从陆路走，向东翻过幕阜山的隘口进入赣江流域的吴城文化分布区。溯江而上，西北可抵川东、鄂西地区的早期巴蜀文化分布区。往南，是湘江中下游土著文化的分布范围。

1987 年年底，铜鼓山考古出土青铜器、陶器、石器等大量文物。青铜器中，有国家一级文物青铜鼎、二级文物青铜瓿。陶器有鼎、豆、钵、折肩罐、鬲、大口缸、釜、杯等，多为夹砂红陶，还有夹砂灰陶，纹饰丰富而精美。石器有石锛、石刀，均为磨制石器，质地为青石。这些器物深埋地下数千年，顽强对抗着时光销蚀。当文物专家轻轻拂去表面的尘土，那精湛的工艺、精美的图饰尽显华贵，惊艳于世。

从铜鼓山出土的青铜器的形制来看，与殷墟第一期、第三期铜器类似，纹饰接近。出土陶器的器形、纹饰则可与中原二里岗商代遗址的出土器物比较，多细绳纹，鬲为连裆鬲，袋足高，鼎为锥形足，相当于二里岗上、下层之际。其以鬲为主要炊具，斝、簋、大口尊、小口矮颈罐等均为二里岗商文化的典型器物。

"青铜自古隔长江，此说真虚问此冈。周墓彭城多鼎器，江南无处不殷商。"这是考古学家寻访铜鼓山时留下的诗句。铜鼓山商代遗址考古发现具有重大意义，彻底推翻了"商文化不过长江"的传统史学观念，为研究商文化南渐以及各种土著文化的相互联系提供了重要的实物资料。发现的一批东周时期楚人的典型墓葬，更为研究楚人入湘提供了丰富的实物资料。2014年，铜鼓山商文化遗址被定为国家级文物保护单位。

我同几位文友抵达铜鼓山，沿着长满杂草的山路朝上攀爬。我们穿过一片茅草地和松林，走进山丘的幽深处，在铜鼓石旁停住脚步。登高远望，天空苍茫无垠，四周寂静无声，长江如同一条白练当空而舞。此时，我不禁凝神静气，一瞬间有种穿越的感觉。我仿佛看见先民们正在密林间狩猎、农耕、铸鼎，耳畔仿佛响起声声铜鼓，以及先民震天动地的劳动号子，又在江中的急流声中悉数湮灭。

一座海滨城市的韵味

谭旭东

蒙《小说选刊》副主编顾建平兄厚爱，6月14日至16日去了海滨城市防城港采风。这次采风对我来说有4个"第一"：第一次见到著名作家东西，他以《回响》获得第十一届茅盾文学奖，久闻其名，但一直未曾谋面；第一次见到广西北部湾海港，领略到北部湾海边的风情；第一次近距离地与防城港市的作家交流，认识了龚毅一、阮纯武、苏世成、磨金梅、紫灵（凌立英）等几位优秀作家，了解了防城港市文学界的创作情况；第一次走进防城港这座与越南接壤的城市，了解它的内涵，领略它的韵味。

在防城港采风的时间比较短，实际只有两天，但在市文联的精心安排下，我们参观和走访了多个令人难忘的景点，初识这座海滨边境城市的魅力。防城港北部是十万大山，茂密的森林和绿色的生态，为这座城市提供了负离子丰富的清新空气，也给这座城市披上了翠绿的衣裳。这座面积不大的城市，却有着不可忽视的大气势。

防城港的文化韵味很足，它的每一颗石子和山坡、小路都镌刻着百越人独特的历史，每一块界碑上，都显示着祖先的脚步和民族的尊严。6月15日上午，我们参观"广西3·22工程"纪念园，这个工程是防城港建设的起点，防城港也因此得名。接着参观簕山古渔村，这是我第一次见到防城港的海景，海滩长满了各种形状的灰褐色石头，看似很脏，但走近这些石头，却发现海水和雨水把它们洗得干干净净。这些石头显出了海的苍劲和古朴，给人强烈的视觉冲击。听说海滩的石头缝上长满了贝壳和牡蛎，我也见到瞭望塔下方有渔民拿着小铲子、背着小篓子，正在海滩上搜寻着什么。中餐在古渔村的"揽月居"，品尝的都是最新鲜的海味，还有这里的村民所推崇的炖鸡。我特别喜欢簕山古渔村那片树林，里面夹杂着多种奇怪的树木，海风的洗礼让它们的腰肢产生了剧烈变形，甚至完全扭曲，但热烈的生命气息却在繁茂的枝叶中散发出来。在我们眼里，渔民的生活闲适舒坦、如诗如画，但与大自然相处的生活一定充满惊涛骇浪，也内含着一种坚韧，他们一定也体验过很多艰辛。

　　防城港有着一份浪漫开放的情韵，不只是因为有山有海，而且因为它也是一扇通畅的国门。6月15日晚，市文联安排我们住在边境口岸东兴。晚餐后，我们先是乘坐电梯到达酒店顶层，那里是"云顶观光"的绝妙处。我和徐迅、温亚军、刘江伟四人站在楼顶，往南边俯瞰，界河那边就是越南边境城市。从酒店出来左转就是边境小街，这里人来人往，口岸的两边和附近都是市场，布满了挂着"越鲜""越南特产""越南砧板""朝南红木""牛角梳"等招牌的店摊，卖的都是中国和越南的特产和小商品，也有一些东南亚其他国家的物品。东兴口岸街道上有家边贸小店，老板爱说爱笑，服务态度很好，商品价格也不高，给人诚实做事的实在感。我来过广西多次，在南宁、桂林、崇左等地做过讲座，也参观过德天大瀑布等景点，在我的印象里，广西人勤劳质朴，做事比较靠谱，我带的研究生里也有来自广西的，为人本分肯干。文联的朋友安排我们参观了位于小巷里的"东兴侨批馆"，我们还穿过中越口岸，参观了界碑，在中越友谊大桥上一起合影留念。在东兴口岸逗留时间不长，却让我感受到这里弥漫着热带的开放和豁达。

　　最让我难忘的是防城港海的气韵。6月16日，我们到达东兴市京族三岛之一的万尾岛万尾村，参观了白浪滩、万尾金滩和怪石滩，亲眼见识了这里渔民拉网的情形。黑色的海滩上，白浪翻滚，坚强的渔民站在乌云低垂的海边，奋力地拉网捕鱼。同行的师友在细雨中走到海滩上，拍下了多帧照片，把万尾金滩那壮阔的画面留在了记忆里。在京族博物馆，我们了解了京族人生存奋斗的历史。给我们讲解的姑娘就是京族人，她穿的衣服像连衣裙，也像旗袍，据说京族女人穿的裙子一般都是纯色，如粉色、蓝色，给人以清新秀丽之感。讲解的姑娘还给我们演示了京族人的独特的独弦琴，我也跟着学习演练了一番。京族人的乐音里藏着海的梦想，藏着京族人对美的向往。值得一提的是，在参观京族博物馆之前，我们参观了"南疆第一哨"，见到了一对坚守海边哨所、为国防奉献青春的夫妻。哨所里种着一排排芒果树，树上挂着不少大芒果，一棵树上还结了一对夫妻芒果，我拿起手机拍下来，好像自己写一首抒情诗时，突然找到了一个最恰当的比喻意象。

防城港还有一种文艺的风韵。防城港市重视文艺工作，也有一支比较强的作家队伍，而且很善于和外界交流，扩大文学视野。这次同行的作家有李洱、温亚军、张者、徐迅、俞胜、凸凹、杨遥、陈武、张鲁镭、刘江伟和文苏皖等。李洱是茅盾文学奖获奖作家，也是一位文艺批评家。张者是新晋的鲁迅文学奖得主，刚刚当选重庆市作家协会主席。温亚军是鲁迅文学奖获奖作家。徐迅担任《阳光》杂志主编时发表过我的一组诗歌。凸凹、俞胜、陈武和张鲁镭等几位是早闻其名的散文家和小说家，但这次是第一次见面。刘江伟很年轻，他特别关注网络文学，经常推出一些比较前沿的网络文学文论。文苏皖是《小说选刊》编辑部主任，也是这次采风最年轻的作家。组织采风、与各地作家交流，是防城港市文化广电体育和旅游局以及文联热心去做的工作。对文化和文学的态度往往能体现一座城市的涵养，防城港不愧是具有宽容气质的开放城市。

采风巴音布鲁克

刘向东

巴音布鲁克，蒙古语意为"富饶的泉水"，其位于新疆巴音郭楞蒙古自治州，地处天山南麓腹地，四周雪山环抱，是我国第一大高山草原。

我妈妈打小生活在内蒙古化德县，她管那里叫"北草地"，常常说起草原的习俗、风物和故事。她说，北草地的春天从夏天开始，草芽儿小心地抱紧自己，等待地缝儿、等待天机，秋风里，风把草原吹过来、吹过去，有时不用风吹，草就低了，生来就带着风的姿势；她说，草黄的时候，东边来一挂牛车，西边来一挂牛车，南边来一挂牛车，北边来一挂牛车，北草地的干草车啊，全都装得老高老高，暖烘烘带着冲天的香气。

草原把妈妈养大，我对草原有着命脉里的亲近，且有过诗的发现与表达。以河北坝上草原为基础和线索，我写过一首《草原》：

春来草色一万里，
万里之外是我的草原。

要有一株苜蓿，
要有一只蜜蜂，
有蜂嘤的神圣与宁静，
没有阴影。

要有一双更大的翅膀，
为风而生，
要有一个小小的精灵，
直指虞美人的花心。

要有一匹小马，雪白，
或者火红，让它吃奶，
一仰脖儿就学会了吃草，

草儿青青。而草，

一棵都不能少，

哪怕少一棵断肠草，

天地也将失去平衡。

怀揣着这样的句子抵达巴音布鲁克，我要再次印证我的诗，我要再去感受那遍地的草和干草车。

到了看了才知道，原来诗也是有家的，也是有生身之地的，离开养育它的泥土或精神原乡，味道就变了，甚至让人"读不懂"。

巴音布鲁克，一个和别的好地方一样好的地方，作为草原，可谓极端的存在。它的超出 2 万平方公里的辽阔，超出我以往对草原的认知和想象，给我以遥远的、陌生的感动；它的史诗般的存在，则给我带来作为一个新乡土诗人的沉默。

举目四野，不见风吹草低，不见牛车马车，不见苜蓿，也未见花和蜜蜂，没有树。巴音布鲁克只有绿，只有草，只有草地，如一张密实的草毯，再大的风也不会把它掀动。巴音布鲁克振鑫牧业发展有限公司党总支书记巴图江东听说我写诗，开玩笑地说："'湿人'有福气，本来草场都黄了，你把雨给带来了，转眼草又绿了，石子儿都绿了。"

以巴音布鲁克小镇为坐标西行。草，看上去全是一个样子，仿佛整个巴音布鲁克只有一种草，散文家碧野当年在《天山景物志》一文中说它是"酥油草"。直到在江巴口牧场，听老牧人江巴说草，才知道仅在他的毡房周围就有 170 多种草，其中有 90 多种中草药，牛羊要是得了病，会专挑能治病的草吃。

草，紧贴着地皮，不见生长，但它在生长，一片草场，恰好给牛羊一个季节。俯下身仔细看，才知道草里有花，我一眼就认出的，是马兰、蒲公英、紫地丁，还有毛茸茸、密麻麻的雪绒花，不起眼的灰茎，托举起绿豆粒一般的花蕊。忽然想起，有一年，小说家冯骥才到奥地利访问，看当地人把雪绒花串成项链当礼物，甚为惊奇。待他归来，到了河北蔚县空中草原，忽见雪绒花，几乎以为是哪位仙人路过，撒下花种。他以激动的心情写下《中国的雪绒花在哪里》，发表在《人民日报》上。

花草间的羊，也给人特别的感受。我对羊原本并不陌生。小时候放羊，是燕山的黑山羊。父亲把羊群交给我，我靠在北山的松树下写诗。我曾经多次写羊，想学希腊诗人佩索阿的样子，以为看我的羊，看到了自己，或者，我注视父老山民，看到了羊群。但巴音布鲁克的羊，大不一样。一律是雪白的身子，黑头，健壮，沉静，心无旁骛地吃草，只吃草。需要转身的时候，默默地一齐转身，黑头总是朝着一个方向。要想把它们描摹下来是难的，写意是难的，我想，只能用木刻把它们一刀一刀刻出来，只刻黑头，其余全是飞白。回想诗人阿信的那首《山坡上》："车子经过，那些低头吃草的羊们，一起回头——那仍在吃草的一只，异常孤独。"这让我在巴音布鲁克的几天里持续寻找，但只找到低头吃草的羊群，未见孤零零的那只。

　　往南走，到了高处，豁然开朗了，明白了，巴音布鲁克——富饶的泉水，皑皑雪山的馈赠。泉水千眼，细流万条，带着雪色，汇成天都河。真是《西游记》里的通天河？也说不定。河水已经够大了，但流动缓慢，恋恋不舍的样子。它在草地蜿蜒，构成天然景区，当地人称"九曲十八弯"。在我看来，它更像是定格的闪电，我在心里默念：闪电放走流水，去吧，去吧，寻找你的大海；草地说：海子不是海吗？草海不是海吗？大海说：来吧，来吧，等什么等；水说，我要让一棵草，让一粒草籽上的鱼子，成为鱼。

　　听说，每年10月中旬，满草原的白天鹅会在天都河的开阔处开会，先听一个天鹅讲，再听另一个天鹅补充。猜想那是在部署迁徙的事情，开会之后，它们在月夜悄然起飞。出人意料的是，它们不是万里奔袭，只到300公里外的库尔勒孔雀河安家。也有不走的，有的病了，有的老了，它们的伴侣，坚持留下来，在冰天雪地，用翅膀捂住那渐渐冰冷的身子，它们流泪了，泪水成湖，人们称之为"天鹅湖"。

来到巴音布鲁克小镇东临的巨大土堆旁，脚步停下来，大家沉默了。眼见土堆浑圆、庞大，外围是石头平铺的花样圈，再向外，是一个同心圆土堆，再向外，仍然是一个同心圆。圆外还有一圈用石头单独围成小圆圈的更大的同心圆。在第一个圆与第二个圆之间，还有东南西北四个放射状直线。同行小友志新，在土堆顶上拍摄到一个孤零零的蘑菇，竟然是这祭坛的样子，如天坛。

2017 年 6 月 21 日，《光明日报》刊发了记者王瑟从新疆发回的报道，说是一座神秘的土堆引起丝绸之路天山古道巴音布鲁克路网实地综合考察队队员的注意，科考结果让人感到不可思议：这个土堆，竟然是有着 3000 多年历史的祭坛。

三千年风吹日晒，它依然浑圆，依然庞大。专家测量后发现，这个祭坛最中心的圆直径 50 米，二层圆直径 71 米，三层圆直径 100 米。这 3 个数形成一个等比数列，公比近于根号 2。这种现象如果不是出于偶然，而是人有意规划的，说明在那个年代，筑造它的人无疑受到了中原的影响。学者认定它为祭天的祭坛，是因为这种现象在我国历史上不是偶然出现，都是为祭天而有意为之。还有人认为这祭坛形制与蒙古包有着密切关系，甚至可以说解决了蒙古包的起源问题。我反过来想，是不是它本来就是依据蒙古包打造的呢？它顶部的凹处，并非坍塌，亦非缺陷，而是原创设计，犹如额吉把蒙古包的穹庐打开，透光、透气，散发着奶茶的香气。

古老的巴音布鲁克祭坛，古老的家园。祭坛如大地的眼睛，给我一个全新的视角，瞭望南山额尔文雪峰上的阳光，回望天山之阳山口的月色，引导丝绸古道上的人东奔西走。

巴音布鲁克，谢谢你给我这些。设想为你献诗，有待沉浸，有待生发，有待灵感和诗性直觉加速，有待老命与语言交锋。

拱墅时光

沈 洋

从七彩云南的昆明来到运河之南的拱墅，仿佛到了另外一个世界。两个世界，一个明媚，一个朦胧；一个豪放，一个温婉。两个半小时飞行的轨迹，也是一次抵达大运河之南人间烟火的过程，很受用、很走心。

这次杭州之行，是作为获奖者去领取一个由中国报告文学学会和浙江教育出版集团新创设、颁奖地永久落户拱墅的首届"秋白中短篇报告文学奖"。利用下午的时间，匆匆打车赶到西湖，去一睹之前晴天曾去过、现正处于雨中的西湖的朦胧之景。

果真别有一番景致，放眼望去，远处黛青色的小山如水墨画里的写意青山，轮廓在烟雨里时隐时现、时浓时淡，更显出江南小山的神秘与妩媚。西湖之水在小雨点的弹奏下泛起一层淡淡的雨雾，时轻时重、时急时缓，宛若江南女子正在撩拨的琴弦。一起一伏之间，一浪追逐一浪，浩渺烟波层层叠叠荡向远处的湖岸。这不禁让我想起苏东坡《饮湖上初晴后雨》中的名句：水光潋滟晴方好，山色空蒙雨亦奇。正好看到西湖边的小食店里在售卖东坡饼，毫不犹豫地买了一个。大碗口般大小，面皮烤得有些焦黄，问是啥馅，店家随口回答说是"黑心的"，说完立马察觉表述不妥："说错了，说错了，里面是黑色的梅干菜。"我和店家都莞尔一笑，这也算是本次西湖之行的一点儿笑料吧。

断桥上，冒雨出游的人，或驻足观景，或放下雨伞拍照，或交头接耳谈论雷峰塔的故事，感叹许仙和白娘子的动人爱情。偶有泛舟者荡漾湖面，忽隐忽现，给烟雨中的西湖平添了几许人间浪漫。雨中游西湖，别有一番韵味，似乎更能显现西湖积淀的历史况味，也更能生发缕缕离愁别绪。

第二天一早，主办方安排我们去运河边的历史文化街区采风。作为京杭大运河沿线遗产保护最具典型意义的区域之一，大运河浙江杭州拱墅段历史底蕴深厚、文化遗产富集、文旅价值丰富。这片不大的区域内，拥有 3 条（段）世界遗产河道、3 个世界遗产点、20 余座各类博物馆、21 处工业遗存、5 条历史风貌街区、34 项市级以上非物质文化遗产。在拱墅运河边的街区走走，不得不令人折服。没有几千年的历史沉淀，没有一代代人的成风化俗，哪有这泛着青幽光芒的古石板路，哪有带着斑驳印迹的古老建筑，又哪有坐在木板楼门前的慈祥老人那自信、淡定的笑容？

回顾历史，公元 7 世纪初开凿了以洛阳为中心、北至北京、南至杭州的隋唐大运河。后代通过浙东运河延伸至绍兴和宁波。13 世纪末，元朝定都北京后，修筑成以北京为中心、南下直达杭州的京杭大运河。2014 年 6 月 22 日，中国大运河在第 38 届世界遗产大会上获准列入《世界遗产名录》，包括隋唐大运河、京杭大运河和浙东运河三部分。位于桥弄街 1 号附近、横卧大运河上的拱宸桥，以及桥西历史文化街区，也被列为大运河世界文化遗产点。

拱宸桥始建于明崇祯四年（1631年），是杭州城古桥中最高、最长的石拱桥，桥长98米、高16米，是京杭大运河最南端的标志。拱乃拱手相迎之意，古时帝王的住处叫宸，故拱宸有恭迎圣上大驾之意。清代康熙皇帝五次来杭州，乾隆皇帝来过六次，他们都曾在拱宸桥上岸。

拱宸桥共三孔桥洞，中间桥洞最大，可通过大型船只，两边各一孔桥洞，可行小船，桥面呈弧形，向两侧呈缓坡状向下延伸至两边河岸。站在拱宸桥上，抚摸着留有岁月痕迹的石栏杆，真有抚今追昔之感。历史之长河亦如这大运河的流水，一去不复返。想当年，无数运粮的船队往来于杭州和北京之间，大运河上，不知上演了多少人间悲喜故事、演绎了多少灿烂辉煌。直到今天，大运河还是那样的鲜活生动，两岸人家还在生生不息地传承着运河的千年文脉。

杭州民间有一种说法：塞纳河有左岸，大运河有桥西。足见桥西在杭州人尤其是拱墅人心目中至高无上的文化地位。2023年，桥西历史文化街区被评为国家级旅游休闲街区。

走在桥西历史文化街区登云路、桥弄街，有一种穿越感。身着传统服饰的一众女子走过面前，那高高的发髻和韵味十足的汉服或旗袍，把她们衬托得更加亭亭玉立、端庄自信。沿河民居多为木楼青砖瓦顶，小小庭院左右相连，参差错落。门店里要么经营笔墨纸砚，要么卖当地的特色小吃、冷饮点心或油纸伞等文创产品。走在这些古老街巷中，真正能够感受到江南小镇的古味、韵致，可谓一步一景、一屋一味。

那些近现代工业遗存，则证实了桥西工业文明的深厚积淀。桥西街区兴于清末民初，因位于京杭大运河、拱宸桥西岸而得名，总面积达 7.29 公顷。拱宸桥一带曾是杭州近代民族工业的发祥地，保留了大量的厂房和仓库，如今大多被改造为博物馆。

据介绍，拱宸桥地区目前有中国京杭大运河博物馆、中国杭州工艺美术博物馆以及中国扇博物馆、中国刀剪剑博物馆、中国伞博物馆五大"国字号"博物馆。其中，中国京杭大运河博物馆尤为有名，是全国最早系统介绍与展示大运河历史文化的专题博物馆。杭州手工艺活态展示馆也很有意思，其前身为通益公纱厂，保留了建筑的传统木梁结构，是浙江省规模最大的手工体验基地，集互动教学、非遗手工体验和民间技艺表演于一体，馆内有竹编、油纸伞、造纸术等近 20 项国家级和省市级非遗技艺体验，推动了传统手工艺和非遗"活化"。

此外，拱宸书院、大运河紫光檀博物馆、小河公园、大运河数字影像馆、浙江徐门琴馆、仝仓美学馆、方回春堂等历史人文景区景点，还有夜晚大运河上以宋词文化为主题的沉浸式实景演出《如梦上塘》，都可圈可点、如梦似幻，令人流连忘返、回味无穷。

虾巴秋绿如泼时

何　南

拉开窗帘，晨光若久候的小淘气般流泻而入，房间由冷色调秒变为暖色调，惊喜瞬间被激活。索性推开窗，空气漫灌进来，清清凉凉的，让人有醍醐灌顶之感。看看手机上安装的 App，这里的 $PM_{2.5}$ 数值竟然只有 3 ——怪不得！

追随空气涌入房间的是鸟儿的鸣叫。有些勤快的鸟儿早已将矫健的身姿画上天空，有些鸟儿则还在慵懒地享受这难得的晨，虽身在巢中，歌喉却不甘寂寞，甜甜的调子不计工本泼洒出来。

我住的房间，朝向山谷的一面被善解人意地设计成落地窗，偌大的玻璃似乎刚擦拭过，坐在窗前，一览无余。映入眼底的是错落有致的梯田，绿色是其主打色，赭色的田塍走心地将这绿色切割为一块块、一条条，赭绿相间中，尤显绿意欲滴。这就是哈尼梯田？序已深秋，以常规而言，很多地方应该已为金黄色主控，这里为何仍然绿意如泼呢？眼前的景色模糊了四季界限，也让人不由得脑补：深秋时节尚且如此，真正的春天呢？

"尽日寻春不见春，芒鞋踏遍陇头云。归来笑拈梅花嗅，春在枝头已十分。"这位宋代的佚名诗人一定没到过这里，否则，即便错过了春天，夏秋冬三季也会慷慨地补给他足够的绿色，让其诗句中蕴含愈加盎然的春意。

这里是虾巴村，归云南省红河哈尼族彝族自治州绿春县所辖。"绿春"，脑海中刚一浮现这两个字，一幅连天扯地的美丽景象就倔强地涌起来了。当地人说，"绿春"旧名"六村"，因其"青山绿水，四季如春"，建县之时，周恩来总理亲自将其更名为"绿春"。看来，莫说万物之灵长的人类，这里的每一道山梁、每一株草木都深知，既然县城的名字都饱含生机，自己能不携绿而生吗？

在哈尼语中，"虾巴"是"荒田"的意思。勤劳的哈尼族人在山上开荒，在荒地耕耘，日积月累，天道酬勤，在大山原本荒凉冷硬的曲线上，渐渐打造出哈尼梯田的壮美景观。这些梯田不仅是人与自然和谐共生的明证，更是将哈尼族推到世界面前的一张绿色名片。2013年，红河哈尼梯田文化景观被列入《世界遗产名录》，成为我国第45处世界遗产。

就这样，由"荒"起步，以"勤"作路，哈尼族人将智慧写进岁月，实现了与大自然"不负韶华不负卿"的双向奔赴。

虾巴村的梯田虽然不是哈尼梯田的最核心区域，但在我看来，它与其他各处梯田相比都毫不逊色。继续仨窗远眺，但见半山腰的梯田里，轻烟正在蒸腾，如梦似幻，宛若在精心为自己的所爱系上洁白的围巾。梯田先是敦厚地以礼相迎，继而回报最诚挚的绿色和最丰润的收成。目光下移，落在一个个生灵上，灌木蓬蓬，低草茸茸，各色庄稼被清水滋养，一派从容。不久以后，就会有更加明艳的笑容从它们的叶脉间冉冉升起……

正沉浸在对丰收的畅想之中，蓦然听到外面的凉亭里传来阵阵掌声。掌声如一双手，将我拉出门外。原来是一位老人在唱歌，围观聆听者甚众。我虽听不懂老人在唱什么，但觉得她每字每句都在倾情，歌声十分动听。叩问他人，获知老人所唱为哈尼族独有的《四季生产调》。立即在手机上搜索，方了解这《四季生产调》的前世今生。作为哈尼族的传统文化之一，它诞生与成形的时间竟在唐代以前，可谓历史悠久。《四季生产调》以古歌古谣的形式流传，是哈尼族农耕生产生活经验的总结，由于其百科全书般的价值，早在 2006 年就被列入第一批国家级非物质文化遗产名录。

这时再端详唱歌的老人，见她虽年届古稀、沟壑盈脸，但精神饱满、中气十足，一歌乍停、一歌继起，毫无疲态。她唱的俨然不是歌曲，而是对大自然的感恩、对家乡的热爱。在这份感恩与热爱面前，青春洄溯，人被衰老遗忘。老人是这项非遗项目的传承人。"她能连续唱上三天三夜也唱不完。""她不识字，却能唱无数哈尼族古歌。"旁边有知情者感叹。

音符起伏间，我看到群鸟悬停、晴云驻足，听得水声隐约、心跳骤疾。歌声里，花树鱼禾全力生长，各自演绎着它们的生命旅程……眼前美景很容易孕育诗情，于是我口占一首七绝："秋绿晴旻正好时，小风亦解写情诗。何须遐陟山巅望？半近轩窗半近痴。"

信步往梯田的高处走，又被一阵香气吸引。但见绿色浓郁的数十蓬树上，密密匝匝的叶间，缀满精致的菩萨莲座形的绿色小果，正被嫩枝郑重地向上或向斜刺里托举着，其间点缀有或红或粉或紫的尤物，是介乎花、蕾、果之间的小精灵，正与绿色小果一起被枝叶宠着、被小风抚摸着，在暖阳里轻轻摇曳。闻着这颇为熟悉的香气，我心中一动：这种从未见过的带着香气的树应是？用手机软件一辨识，果然验证了自己的判断——八角树！八角，这种百姓家常见的调味料，这般不可或缺的东西，竟然如此甘于僻远与寂寞。惊喜之余，心头不免又笼上一层惭愧。我的素常，以局促斗室成习、以醉心翰墨为务、以偶得只言片语为耀，现在，在陌生而熟悉的八角树面前，已察知自己以往做派的谫陋了。

回首朝山下望去，一块宽绰的梯田里，一群人在捉稻花鱼，皮裤过腰、笑声漫飞，我想，他们或许已经闻到了来自大山的美味。

绿春毗邻越南，有 153 公里的国境线。县城很"迷你"，只有一条 V 形街道，且未设红绿灯，因此被戏称为"一线城市"。从县城到虾巴村也只有一条路，从这个角度说，虾巴村也当得起"一线山村"之誉。山路虽窄且多弯，但以混凝土筑就，路况尚好，一山一谷分侍两侧，景色绝美。村口有山泉水，千年一脉，日夜叮咚，下有小池承接，清澈见底，随时可饮。呷上一口，甘甜入心，繁缛的俗务缩隐为背景，时光的脚步舒缓下来，心灵觅得片刻的平和宁谧。

第四辑

心香一瓣

1

无限大的小书房

汤素兰

　　小时候家里没有书，更没有书房，每次借到爱读的书就放在枕头底下，趁着夜深人静，偷偷点起灯来读。上大学的时候，我开始用省下来的生活费买书，一个宿舍住八个女生，房间里连书桌都没有，更别说书房了，买来的书就堆在床内侧，那真是与书同眠的美好时光。刚参加工作的时候，单位分给我一间宿舍，宿舍里配了床和书桌，我买了一个简易书架。一床一桌一书架，开启了我大学毕业后的职业生涯。现在回想起来，一个 20 岁的女孩子，第一次拥有单独的宿舍，买的第一件家具居然不是衣柜或者梳妆台，而是一个书架。要知道，那个时候我根本没打算成为一个作家，也没有想过这辈子要做学问。但由此也可见，爱读书似乎是我的天性。

我现在的书房不大，即使因地制宜，将一整面墙都做成书柜，也只放下四个书柜而已。但放书的地方不只书柜，还有飘窗以及靠墙的角落。写字台放在进门靠墙朝窗的位置，近窗户处放了一张小茶台，朋友来了可以喝喝茶。书柜对面的墙上挂了一幅楷体书法作品《陋室铭》，虽然我如今住在繁华都市的大平层，不能称为陋室，但还是喜欢《陋室铭》中所表达的安贫乐道、不与世俗同流合污的意趣，有它在，也是对自己的提醒。座椅后面的墙上挂了一幅我的肖像油画，对面的窗和书柜之间还有一点空间，挂了一幅大写意国画，画面上是一串鲜红的荔枝和一只趾高气扬的大公鸡，名字取其寓意《大吉大利》。名字听上去虽然有点儿俗气，但凡事谁不想图个吉利呢？这幅画是我大学同学的作品，我写作的时候抬头便看到同学的画，感觉很亲切。

书房小，放不下沙发，但窗户下面有个飘窗。我在飘窗上放一张米白色布艺软垫，权当沙发。阳光和煦的午后，坐在飘窗上翻翻书，很惬意。房子的位置在湘江东岸，书房窗户朝西，推开窗可以看到湘江北去，看到橘子洲头青年毛泽东意气风发的雕像。目光越过橘子洲，会被一线山脉挡住，那便是有名的岳麓山。长沙以"山水洲城"闻名，我的书房坐拥山水洲城的万千气象，虽然小一点儿，我已心满意足。

我也曾有过大书房。当时整栋房子里最大的一间做了我的书房，书房里还设计了一个藏书阁，从地板一直到天花板都可以放书。然而，我实在太爱买书，朋友送的书也不少，没过几年，书就多得放不下，只好又将近50平方米的地下室收拾出来，像图书馆似的摆上一排又一排书架。但是，没过几年，地下室里所有的书架又都放满了书。这个时候，我开始思考自己究竟要一间多大的书房，如果想装下所有想买的书、想读的书以及作家朋友们送的书，无论多大的书房都是不够的吧？

于是，再次搬家的时候，我选择了整套房子里最小的一间做书房。在这样紧凑的空间里，摆上书架的书就要反复选择了。那些借助于数字图书馆随时可以查阅到的书，那些打开链接随时可以重新购买的书，我就不将它们放上书架了。现在我的书架上放的基本是两类书：第一类是学术著作，这些书专业性极强，初版的时候印量就少，过了几年几乎没有办法寻找。第二类是我反复阅读过的书，即便读了三遍五遍，甚至为这样的书写过导读，还是觉得没有穷尽其中的奥秘，一旦有时间，还要再读。我当然还有第三类书，那就是我正准备读的书。这些大多是新书，我放在飘窗上，随时可以拿起来读，读完了，暂时靠墙堆叠，当它们堆到齐腰高，有了一定数量时，我会根据书的内容，决定是将它们放上书架还是打包捐赠。

　　以我读书的经验来看，书房里的书其实是不宜过多的，太多了，许多书就是摆设。我也不喜欢书房太乱，书多了就容易乱，要用的时候翻来翻去找不着，不仅乱上加乱，还浪费时间和精力，我是有过这样的教训的。

　　如果你来我的书房，我更想向你介绍的，是摆在书架上的一些小物件。比如，我从丹麦安徒生纪念馆带回的安徒生雕像，从意大利带回来的有关罗马建城传说的母狼哺婴像，从德国带回来的不来梅城的音乐家纪念品，从芬兰带回来的"木民矮子精"木质玩偶，从英国布伦海姆宫带回来的布伦海姆绒布猎犬，从埃及带回来的青铜埃及猫……古人说"读万卷书，行万里路"，我爱读书，同时也爱旅行，每到一个地方，我都会买一件能代表当地历史文化的工艺品带回来，放在书架上。这些精美的工艺品以及书中的广袤世界，让我的小书房变得无限大。

② 打年糕

谢　华

江南年糕这一美食在江浙一带已流传两千多年，且俨然成为春节的时令食品。每年进入腊月，掸新、打年糕、做米酒、贴春联、吃年夜饭、放鞭炮、走亲戚等接踵而至，日子里天天渲染着浓郁的过年气氛。对江南地区的农村人来说，打年糕是过年前必做的一件大事，几乎家家户户都会用粳米或糯米磨粉打成年糕，并作为新年走亲访友时馈赠的传统礼品。

作为一个居于杭州的新富阳人，这几年，我在蒋家村的蒋家祠堂里，多次见识江南人打年糕的情景。传统手工年糕的制作过程较为复杂，需要经过掺米、淘米、磨粉、上蒸、打糕、切糕、做糕等众多工序。

　　掺米。富阳的年糕以糯米为主，一般选用七成糯米、三成晚粳米。糯米与粳米的掺和比例，具体还要依据糯米品种的糯性，以及自家人口味偏好而定。

　　淘米。首先要把掺和好的米放入大号的淘米筲箕或竹丝脚箩，再放到盛有清水的缸或木桶里浸淘，浸淘的时间要掌握好分寸，不能太久也不能过短，达到要求就起水沥干。这一道工序决定了米粉好不好磨——如果水分过多，无论石磨、机磨都不便加工，出粉率也会降低，甚至要不时清理磨机，还有就是决定米粉的粗细，而米粉的粗细会影响年糕的口感。

　　磨粉。过去使用传统石磨手工磨制，几百斤米要磨成粉，耗时费力。现在的年轻人很多都不愿意那样麻烦，基本上以机磨为主。但坦率地说，机器打粉制作的年糕与手工磨粉的年糕，味道和触感真的很不一样。因此，年长者组织年轻人手打年糕，除了为了保留传统工艺，最主要还是为了口感，为了保持传统韵味。

　　由于老石磨现在不是每家都有，想要借石磨磨粉，需要预约、排队，一家一家轮着来。平时闲置不用的石磨，年底那几天从早到晚甚至到半夜都在忙个不停。

上蒸。蒸年糕须用猛火将水烧开，因此烧火必须用粗柴。等灶上大锅里的水烧开后，在锅上架一个上口大、下口稍小的木质蒸桶，便于熟粉出蒸。桶底是通的，内中底部安有活动的竹片制成的蒸架，形似清朝官员的红缨帽，上尖下圆，上覆蒸布，既可防止米粉漏下，又能使锅中蒸汽较均匀地进入蒸桶之中。上蒸前根据米粉的水含量，加入少量水掺和均匀进行最后调整，这叫"先粉"。上蒸师傅用大碗盛粉，一碗一碗地把粉均匀撒入桶中。慢慢地，粉上到了桶口，待最后一层粉飘出浓浓的香味时，就出蒸。

打糕。打糕重在"打"字，这是一门技术活，也是决定年糕成败的关键所在。打年糕场地一般设在堂前或门口道地上，摆上石臼，纵向用几张条凳支撑，架起一块面板。上蒸师傅必须有力气，其动作要稳、准、狠。他把刚蒸熟还弥漫着热气的米粉从蒸桶倒入石臼，举起重达四五十斤的木榔锤，一上一下，十分有节奏地敲打石臼里蒸好的米粉糕坯，还喊着号子。敲打一阵后歇息片刻，将捣杵蘸蘸冷水，以防杵头粘住糕坯，然后挪到热气腾腾的捣臼里，轻揉细碾，再蘸水，再碾……旁边的人手拿湿抹布，一边翻动糕坯，使之不停转动，一边不时地用抹布揩擦石臼内壁——翻糕坯的人出手要利索，来不得丝毫差错。打者的力气与翻者的灵活，默契地融合在一起一落之中。

经过榔锤的反复敲打，糕坯越来越韧，如此循环数十次，蓬松带有粒状物的米粉渐渐融为一团，最终变成既光滑细腻又有韧性的糕坯团，看上去油光可鉴。再将糕坯团捧到面板上，由两人分头骑在毛竹杠上，这叫"坐杠"。坐杠的两人边跳边移，糕坯团随着杠子的一上一下被压实。跳到尽头，再回首跳回来，将糕坯团压实，卷起糕坯，旋转直向放置，面板上抹水防粘，再让跳的人坐杠重压。如此反复四五次，直到年糕糯韧，才算"功到糕成"。

切糕。经千锤百炼后被压平的整板年糕，放在案板上稍微冷却后，按照一定的大小用菜刀切成条，这叫毛年糕。将长条年糕用浸湿的双手把侧边修平抹光，使其边线圆滑，再切块成型，这叫光年糕。因为光年糕含水量稍多，所以不如毛年糕保存时间更长。年糕切好后，一块块整齐排放在抹湿的竹匾里。老人们还会用木印蘸洋红盖上印，白白的年糕盖上红红的印，象征吉祥喜庆。

年糕上了匾，冷却后，在靠墙避风处一个挨一个立起来，外覆稻草保温防冻。为了不让年糕因放的时间长而开裂，还要把年糕放进水缸里浸泡。浸年糕的水十分讲究，要用立春节气之前的冬水，再放一点明矾，这样保存时间较长，还不会产生异味。

做糕。做糕师傅把糕坯按在刻有吉祥版纹的特制年糕印（木刻模子，阴刻有图案）里，用一块平板将其压平，再反敲一下，于是，牡丹、蟠桃、麒麟、鲤鱼以及魁星、财神等各种有着吉祥寓意图案的年糕成品便出来了。

制作好的年糕，光洁如玉，柔糯细软。烹饪方法很多，可以汤煮、煎炸、烧烤、爆炒等。泡饭年糕、白糖蘸年糕、青菜炒年糕、冬笋肉丝炒年糕、青蟹蛋黄炒年糕……你有多少手段，年糕就能反馈你多少美味。富阳人喜欢用放养在山里的土鸡熬成汤，加冬笋、木耳、榨菜和圆白菜点缀，混合年糕煮，糕糯汤清，咸香可口。

年糕作为一种传统美食，蕴含和传承着深厚的饮食文化内涵。江南的温婉，不仅体现在烟雨风韵的美景中，还体现在年糕这样的特色美食中。蒋家村所保留的这种打年糕传统，是对中华优秀传统文化传承的重视，也成为美丽乡村建设中的一道风景线。

除了唤醒人们的味觉记忆，年糕还与春节有个特殊的"遇见"，作为接地气的大众风味和走亲拜年的时令节礼，饱含人们对生活的美好祝福。"年糕，年糕，年年高"，寓意着万事如意，一年更比一年好。从这一点来说，年糕也是一种精神符号和乡情代码。

3

阿勒泰岁月

艾克拜尔·米吉提（哈萨克族）

随着电视剧《我的阿勒泰》热播，人们都在热议阿勒泰，热议哈巴河，由此也引发了我遥远的回忆。

我曾于 1976 年 10 月至 1977 年 10 月作为伊犁哈萨克自治州副州长、普及大寨县工作团团长阿克木·加帕尔的秘书和翻译，在这里工作生活过一年，留下了终生难忘的记忆。

那是 1977 年 6 月，我们准备到最边远的白哈巴村看一看，同行的还有工作团副团长、阿勒泰地区副专员托合塔·木拉提和哈巴河县县长纳斯甫。我们乘坐两辆北京212 吉普车由县城出发，向横亘于北面的阿勒泰山开去。在翻越了一道山梁后，绿色的草原展现在眼前，正是杜鹃花绽开的季节，花海一片灿烂。背阴处的针叶林也在迎接这个夏天的到来，那都是落叶松，新的针叶正在吐绿。到铁热克提之前是砂石路，过了边防站以后便是土路了。好在北京 212 吉普车越野能力极强，一路颠簸着攀上山梁，又开进谷里，风尘仆仆而来。

到了白哈巴，那种梦幻般的美景令人惊叹。那个小小的村落，就像一个童话般镶嵌在那里，村旁有一个白哈巴边防连。无论村民还是边防连的人，每年大雪封山之前都要囤足所需所用，因为大雪封山以后是出不去的。

到了这里才知道，白哈巴其实是一条河名。而在下游，白哈巴又回流为哈巴河，著名的白桦林景区，就在哈巴河的河套里。我曾经在那个冬天，乘着一驾马车，穿行于这片白桦林间，到牧村去传达文件，当时的一切，丝丝缕缕就在眼前。

我们在白哈巴住了一晚。翌日清晨，顺着牧道穿过松树林，翻越山岭，劈开草浪，驰行于一片草原花海之中，终于来到喀纳斯河畔。越过吱嘎作响的红松木桥，来到对岸牧村的牧业办公室，稍事安顿，纳斯甫县长就带着我们两个年轻人到喀纳斯湖边钓鱼。喀纳斯湖是纯净的，透着一种不可思议的宝石蓝，那湖面宁静而安详，积蓄着某种力量。纳斯甫县长是个垂钓高手，不一会儿就钓到一条大鱼。他说，走吧，小伙子们，这条鱼足够咱们几个吃的了。于是，我们回到牧业办公室，让当地人以独特的哈萨克族的做法，把那条大鱼切成块，用面糊一滚，再下油锅炸，霎时满屋飘香，七八个人围在那里大快朵颐，十分惬意。

喀纳斯湖水流到下游就称为布尔津河了。那时候只有牧道连接，没有公路，汽车从布尔津河方向是开不过来的。但这里的景致真的是旷世绝伦，博勒巴岱山就在眼前，那从雪线以下铺展到谷底的红松林，就像一幅巨幅壁毯垂挂在那里，曼妙无比。里面有熊、有鹿、有狍子，还有山雉。有一年，那片森林失火，但是一两年后就又自我恢复了。这也是森林的秘密之一。

第二天，我们辞别喀纳斯湖，越过昨天的山岭，挥别白哈巴村。归途中，发现昨天行过山洪，我们来时的谷底已被全部冲刷，满眼都是巨石，无法挪动。两位司机让我们下车，他们一辆一辆把车开出了谷地。北京212吉普车的四个轮胎颠颠当当轮番落地，有时是落在这块石头上，有时是点在那块石头上，十分惊险。不管怎么说，两位司机好汉硬是把吉普车从那一块块的巨石脊梁上几乎弹跳着开了出来。那一幕迄今为止都难忘。

后来，我又去过几次白哈巴村。第一次是经过冲乎尔，沿着河岸颠颠当当走了很久才到达喀纳斯。第二次来看喀纳斯时，居然建起了沿着山脊而行的公路，我们的大巴车驰骋在山岭与森林之间，无比惬意。再从喀纳斯到白哈巴村，也是一水的标准公路，我们一群作家坐着大巴车直接开到白哈巴村观景台，兴奋地在那里留影。环视四周，满眼的绿色苍翠欲滴，诗人们说，这真是人间仙境。

又有一次，我跟随一个采风团去往白哈巴村。从喀纳斯机场旁的哈勒屯草原，越过阿克不拉合牧村，再次经过铁热克提时，这边的路也已经是一派的标准公路，汽车奔驰在满眼绿色的草原上，真是赏心悦目。我们曾经被困的山谷，现在的公路竟然从山腰切过，再无被洪水和恶石困顿之虞。而再度来到白哈巴村时，我们的导航居然失灵，在纵横交错的村道上、在一排排木屋间绕来绕去，找不到前车所去之处。

我们只好不断地拨通手机，但他们也说不清自己的位置。最后，还是一位民警告诉了我们准确的地址，我们才找到他们的所在地——白哈巴派出所。这里正在举行一场警民联欢活动，派出所的一位民警正在用冬不拉自弹自唱一首哈萨克歌曲，他的琴技娴熟、歌声嘹亮，令人耳目一新。琴声和歌声回响在白哈巴村上空，飞向那苍茫的森林雪峰……

电视剧《我的阿勒泰》里也是琴声和歌声并举，那优美的舞蹈《黑走马》舞姿迷人，那一幅幅风景画般的阿勒泰的山水背景，更是吸引观众，相信阿勒泰会迎来一个火爆的美丽夏天。

到阿勒泰来，不仅要饱览好山好水、美景胜景，还要体验独特的人文风俗。就像《我的阿勒泰》里展现的那样，各民族人民相互尊重、相互借鉴、相互欣赏、相互融入，成为一家人——那真是其乐融融的生活。还可以去赛马、刁羊，甚至可以跟着牧人去放牧，真实体验一种草原文化生活。当然，到了冬天，一定要来阿勒泰这个雪都滑雪。

闲云起处天泉来

马汉跃

"雨水洗春容，平田已见龙。祭鱼盈浦屿，归雁过山峰。云色轻还重，风光淡又浓。向春入二月，花色影重重。""天街小雨润如酥，草色遥看近却无。""天将化雨舒清景，萌动生机待绿田。"不知是由于这些脍炙人口的美好诗句，还是由于戴望舒的那首《雨巷》，不知从何时开始，我对初春的雨水就有一种特别的喜爱。

历代文人墨客以雨作为斋号的也屡见不鲜。项圣谟有疑雨斋，恽寿平有红雨轩，伊秉绶有白雨山房，郁达夫是风雨茅庐。相比周作人的苦雨斋，我更喜欢苏东坡所写的《喜雨亭记》。这些虽都有一个"雨"字，却折射出各自不同的文化底蕴，同样引起我的兴趣。

雨水是一年中的第二个节气。《月令七十二候集解》中说："春始属木，然生木者必生水也，故立春后继之雨水。且东风既解冻，则散而为雨矣。"春天属木，水生木，木获得生发的力量，必须有水来生它。就像是作画，一笔下去，万笔俱来，计白当黑，笔断意连，生生不息，靠的是生发，靠的是连绵，靠的是意境的创造和精神的超拔。而雨水节气的雨又称为天泉，得天泉以生万物，烹茶最为甘洌。

于是，想走出去，去一处诗意的所在，迎接雨水的来临。

2000年，山东济宁，元宵佳节。这个节日注定有着不同寻常的意义，因为这一天又是二十四节气中的雨水。元宵与雨水两节重逢于同一天，据说十九年才有一次，古人认为这样的重逢是大吉祥——水火既济，大吉大利，雨水如财入元宵。

这一天，我约了几位好友，一起去登太白楼，想到太白楼上听雨、赏月、接天泉、看花灯。

太白楼坐落于济宁城区古运河北岸、太白楼中路的旧城墙上，原名贺兰氏酒楼，因"诗仙"李白常在此饮酒赋诗而得名。太白楼作为中国历史文化名楼之一，见证着诗词文化在济宁的传承，是一代代济宁人心目中的文化地标。

唐开元二十四年（736 年），正值壮年的李白离开湖北安陆，携结发妻子许氏和女儿平阳，先至太原后入鲁，沿汶水而行，迁居济宁（唐代称任城），入了任城户籍，并自称是"任城人"。从 36 岁到 59 岁，李白在这里度过了他一生中的重要时光，在此写下了《将进酒》《梦游天姥吟留别》等 50 余首经典诗篇。他的儿子在这里出生，女儿在这里长大，妻子许氏在这里走完了人生的最后旅程。

在浩瀚的诗海中，作为光辉灿烂的唐诗文学里耀眼的"双子星"，李白和杜甫，他们的相遇是伟大的，被闻一多先生称为"青天里太阳和月亮走碰了头"。"诗仙"与"诗圣"，一生中总共只见过四次面，其中三次相会都是在任城或其周边，并从这里开始结伴远游，留下了中国诗歌史上的经典佳话。

在济宁，随处可见李白遗留的踪迹。太白楼院内飘逸洒脱的"壮观"二字碑刻，如今已成为太白楼的灵魂，成为济宁文化高扬的旗帜，无声地展呈着诗仙当年的熠熠风采。除了太白楼，还有古南池、浣笔泉等。为了纪念李白，济宁市还以他的名字命名了太白楼路、太白广场、太白小区、太白湖等。李白也由此成为这座城市灿烂的历史记忆与响亮的文化符号。

夜幕降临，华灯初上，一轮圆月高悬于东山之上。我们登上了太白楼。俯瞰街头巷尾，早已是热闹非凡。彩灯高挂，似流星划过夜空；灯谜如织，引行人驻足思考。在这欢腾的氛围中，静谧的月亮像刚刚从大海中打捞出来，披着一层朦胧的橘光。细雨如丝，轻轻洒落，滴滴答答，天籁一般，悄悄融入这灯火与月色交融的夜晚，融入泥土中，融入人们的生活。

春潮带雨晚来急，此时有声胜无声。雨雾袅袅中，一阵阵喜悦涌上心头。我站在太白楼上，如饮醍醐，似见诗仙飘然而至。我的眼前仿佛有大河奔流、波涛汹涌，仿佛有山峦起伏、紫雾升腾，无边的原野在尽情地舒展，魏紫姚黄，笑语盈盈。千万枚叶片仿佛张开了小嘴，正在尽情地吮吸着甜甜的甘霖。苍茫的天地之间，我看见那些浑然的色彩一层层晕染，一层层变化，或如桃花映水，皎容顾盼；或如玉女霜华，藕裙新染；或如小红桃杏，瑶肌微晕；或如紫茎屏风，浪摇花影。由水红而淡紫，由葭灰而玄天，耀金韫黄，花浮紫瓯，碧山妩媚，春辰万里。青青雨雾渐渐升起、铺开，越远越青，宇宙间竟是青郁一片了。

在那样一个雨水的日子里，我挥刀刻下了"天泉"二字，这也是我平生刻制的第一枚印章。此后，这枚印章一直带在我的身边，伴我去阅读山川大地，走遍天涯海角。

那一夜的元宵，因为有了雨水的陪伴而更加温馨；那一年的春天，因为有了雨水的滋润而更加生机勃勃。岁月流转，时光荏苒，那份美好的记忆却永远地留在心间。

⑤
诗词近作廿首

郑欣淼

立春日漫步北海公园，遥寄单霁翔同志

又是融融御柳风，一湖烟水送残冬。

遥思万里布鞋客，脚下春光已几重？

———————○———————

与中学同学王朝恩久违五十余载，
辛丑正月十四视频聊天

欢叙今朝借视频，别来五秩每相寻。

话音漫絮初如幻，眉目细看终是真。

壮岁曾挥教鞭曲，夕阳得伴辋川春。

俗人难忘红尘事，眼底沧桑迹未陈。

―――――○―――――

出席董保华同志主持的《中国文物志》复审会有感

今日小年年味浓，一堂欢聚沐春风。

等身卷帙董狐笔，妙手类编王象功。

文物千秋当有志，劬劳百务自留踪。

放言贯耳犹如昨，留影细看皆是翁。

―――――○―――――

山西运城诗友寄荠菜

一堆葱绿正鲜佳，陌野春光到我家。

煎蒸煮拌思量遍，爱吃还是菜疙瘩。

―――――○―――――

大兴学习之风

回首一何壮，昂然百炼身。

指针宗马列，活水赖人民。

实践时无尽，研磨理自新。

风云多变色，学习葆青春。

———○———

春日赠单霁翔同志

年来何处印鸿踪？万里神州君自雄。

布履从容访琛宝，青衫依旧伴春风。

锦帆堤柳运河大，紫阙京华轴线中。

遗产通神人不老，几多金句总如虹。

———○———

贺新郎·《郑欣淼文集》编讫有感

回首寻鸿爪。总难忘、秋风渭水，垄间寻道。幸得迅翁相陪伴，明月心头常照。算大抵、缘分天造。紫阙九重重重秘，二十年、一帜扬精要。几多事、未曾了。

累然卷帙方编好。且存留、鱼书蝶梦，往时沤泡。岂是孜孜名山业？莫敢韶华草草。但惴恐、灾梨祸枣。堪慰今生平仄乐，漫推敲、快意长吟啸。笑此叟、不知老！

贺香港林峰先生九秩华诞

八旬曾献瑞，九秩九如篇。

雅韵留鸿迹，豪情寄锦笺。

风云动香岛，思絮在长天。

自是神交久，难忘一面缘。

───────○───────

减字木兰花·贺《雷珍民释译文心雕龙》出版

霭然风采，犹见西河余绪在。会意含华，千载文心又一家。临池朝暮，总是殷殷通雅古。香透隃糜，行楷行行鹃血啼。

───────○───────

故宫博物院学术委员会因疫情一年未开会，己卯二月初三始于建福宫花园敬胜斋召开，单霁翔主任主持，小诗奉赠

紫禁春风拂柳枝，今朝宫苑共怡怡。

君曾危处直无恙，我已阳康有后遗。

疫过三年但惊世，人当望七更如诗。

苍龙况是抬头际，文物中华任骋驰。

浣溪沙·贺张学忠先生书法展

雁塔霜钟西域山，临池问学总依然。欣看桃李满庭前。

翰墨诗文原有本，晋风唐韵漫摩研。辉光一室动书坛。

———○———

咏抚远东极阁

红晕先迎一缕曦，高阁凭栏任目驰。

拂面祥风原乃尔，冲天佳木又于斯。

人间福地秀东极，画里龙江静北陲。

最是樯帆闹长夏，金滩渔汛正当时。

———○———

武隆

移步总疑天外天，武隆奇景绝尘寰。

邃幽观止芙蓉洞，灵秀充盈仙女山。

横卧三桥几多载？深藏千谷四时颜。

盎然野韵无穷意，花落花开人自闲。

医院偶遇俊良夫妇，皆戴口罩，听音认出

君竟闻声识故人，别来不计几多春。
相逢又起长安忆，筒子楼中曾旧邻。

———○———

贺阎崇年先生九秩华诞暨文集梓行

四月京华春正喧，石渠珍阁玉栏轩。
履中鸿雪九旬迹，腕下风华千万言。
紫禁寻寻曾识大，明清兀兀更求源。
桑榆犹健史家笔，待庆新篇又一翻。

———○———

恭王府癸卯海棠雅集有感

树树海棠花正妍，况逢喜事又星连。
迦陵仙鸟期颐寿，王府珍琛不惑年。
胜友久违联谢屐，高情雅会耸诗肩。
自当清景引清赏，莫负京华四月天。

贺叶嘉莹先生百岁华诞

漂零海天隔，故土慰归兮。

王府池塘梦，黉宫桃李蹊。

诗词觅魂魄，学问铸中西。

百岁迦陵鸟，声声犹鼓鼙。

───○───

鹧鸪天·读姚振亚先生《吾歌吾咏》并贺先生米寿

老退方知天地宽，教鞭放下接吟鞭。

诸姚勠力王公赞，共续古征风雅篇。

思浩荡，墨明鲜，吾歌吾咏衷新编。

慰情还是老三届，杖履春风米寿年。

───○───

出席郭沫若故居"琴醉太白"中秋雅集有感

回头日月总骎骎，秋色平分歌不禁。

太白风襟原磊落，易安才力亦崎嵚。

锦心漫谱毛公曲，妙手轻操杨氏琴。

自是名居宜雅韵，半天偷得绕梁音。

赠单霁翔同志

四月十一日，霁翔同志微信发来其在西安曲江"澄城水盆羊肉"店前留影及餐桌上烧饼、羊肉碗等图片多张。"澄城水盆羊肉"誉满三秦，为国家级非物质文化遗产。感而有作并寄霁翔同志。

曲江春色冠长安，小店水盆名亦传。

烧饼泛黄香漫散，芫荽添绿味澄鲜。

千年乡韵尧头碗，几许民情美食篇。

古徵原来风物盛，邀君参访任流连！

⑥

三河三唱

叶延滨

一人巷

上有瓦蓝蓝的天
天上朵朵白云在飘
白云望着你，走进一人巷

最狭窄的子巷独自走
头顶蓝天，脚踏青石板
有了光，小巷是好诗一行

念好这行诗，是位少年郎

少年杨振宁走出了一人巷
最窄处，走到又高又远的地方

一人巷里重温初学步
眼睛朝前看，步子向前迈
两旁高高老墙，是扶过你的爹娘……

————○————

三县桥

丰乐、杭埠、小南河
三条河据说曾是三个少女
三个少女悄悄相约鹊渚
在这里等心上人

心上人是赴京赶考的公子
肥西、庐江、舒城年少英俊
巢湖登船起程，心若帆影
留晚风吹奏相思曲

美少女在三河等你
好儿郎在三河相识

霞光中，三县桥是鹊桥架起
登桥人，祝你桥头邂逅爱情

———————○———————

万年台

春秋只是一挥手
进出已是三千年
亮嗓子唱一曲百花怒放

高台上风光无限
看场下笑过哭过
跑龙套也转出世相百态

三河镇青瓦白墙
万年台雕龙画凤
开场锣正敲出百姓烟火

莫问戏是真是假
老百姓心中有数
台上的切莫忘衣食父母！

⑦ 奥运诗词四首

临江仙·陈艺文获巴黎奥运会跳水项目女子3米板比赛冠军

田麦久

弹板高高腾跃起，纵横翻转痴迷。细波含笑奉涟漪。南国生俊俏，碧浪育淑怡。

跨海几曾临大赛，誉扬欧亚花旗。金杯灿灿记今昔。欣添一恋念，摘桂又巴黎。

七律·王楚钦 / 马龙 / 樊振东获巴黎奥运会乒乓球男子团体比赛冠军

张贵敏

巴黎决胜立殊勋，结阵出征老率新。

频闪方台施巧技，疾奔全场舞轻身。

神州扬起三雄剑，奥运蝉联五冠伦。

试问国乒谁对手，凯歌响彻凯旋门。

———○———

青玉案·徐诗晓 / 孙梦雅获巴黎奥运会皮划艇静水项目女子双人划艇 500 米比赛冠军

朱八八

同舟击水云天莽，控频率，齐划桨。撑砥中流今勇往。

金秋风里，马恩河上，相逐川途广。

五年共对沧溟浪。双璧并看气清壮。卫冕巴黎何所想：

棹声水影，江湖俯仰，已识韶华荡。

七律·刘焕华获巴黎奥运会举重男子102公斤级比赛冠军

张绰庵

屈膝展臂体微倾，蹲起提拉一气成。

三把连开书纪录，四级跨越靠真功。

霸王转世须嗟叹，小将出山谁敢争。

华夏男儿多壮志，举坛史册写新声。

万物生长

潘 鸣

向上，向上，万物生长！

这是春天里大自然欣欣律动的高亢弦韵，是这个季节生机盎然、张力十足的辨识度。

广袤大地，每一株草木都从酣眠中苏醒。一个激灵，然后，萌动、滋芽、吐苞、绽放、舒展……它们竭尽全部的生命力和意志力，以人类无法用肉眼识读的速度和节奏，向着高处，向着太阳升起的方向，一点一点地生发、成长、拓延、升华，由微至著，势不可当。与此同时，它们的根系紧紧抓住大地，向脚下赖以滋生的厚土沃壤中扎得更深沉、更紧密、更牢实。双向背反的发力，构成和谐交互的辩证统一，融汇为巨大的自然能量，催生着时令万象勃勃跃然，蒸蒸日上。

芸芸众生，向上的愿景不谋而合，生长的方式却千姿百态。

川西平原，一望无际的小麦作物齐刷刷进入抽穗期。千万株麦穗忽如一夜出鞘的剑戟，昂首直指蓝天。"剑戟"是一节一节笔直往上拔生的，骨节之间，微突一圈环扣，用意在于加固和夯实每一节的增长。秸秆浑圆而修长，没有丝毫旁逸斜出。这令人联想到农家后院竹林里那些同样节节高挺的春笋和嫩竹，想到古人"未出土时先有节，便凌云去也无心"的诗句。

油菜花田，玉青色的植株花期正盛，它们向上的姿态简约而不简单。一茎主干，旁依几条稍呈锐角的分枝。每一枝，尖梢头都率真地探出一串苞蕾，绽开一团亮黄。花朵们一边吐蕊一边铆足劲往高处攀升。花期盈月，色泽由鹅黄到金黄而至淡粉黄。单朵菜花形状极为朴实，毫不惹眼，可当它们密密匝匝地簇拥在一起，就孕育成了川西乡野春色中的一抹浩然气韵，足可以配得上"汹涌澎湃""灿烂辉煌"这样的溢美大词。

有那么一些花果树，蜜桃、青李、黄杏、雪梨、玑珠红樱之类，它们的花枝伸展出来，虽然趋势也是天天向上的，仔细探看，却不是直抒胸臆、一蹴而就的利落做派。它们上行的步态是细细碎碎、虬曲回环的，有探戈一样的张弛情味，有款款的婉约与婀娜。在煦风沉醉的日光月影下，它们摇曳出一番"疏影横斜"的风流倜傥，再将俏丽花枝挑向春天的高处。

原野间，每一丛灌木，每一棵四季常青的女贞、黄杨、香樟、杜鹃、桂子也可着劲地往上蹿。它们的生长态势独具一格：满树满丛婆娑的陈年枝叶不再直接追求本我容颜的返老还童，它们气定神闲，将自身幻化成温馨的手掌，一枚枚摊开，精心呵护一粒粒鲜嫩苗芽，往上捧举起来。芽苗偎依在慈爱的掌心中，轻轻舒展成簇新的枝与叶，一片一片，层层叠叠，最终蓬勃成又一个年轮里树木灌丛新的高度。

相比较而言，纵横交织的田埂上，那些低矮的板筋茅草向上的滋长最费周折。惊蛰时令，它们稚弱的苗尖从泥缝里探出一丝半缕。先是贴地游走，每挪进一寸，都要暂停，往地皮下锚一缕根须，再继续匍匐向前。直到攒够了底蕴，才果断抬起头颅，拔地而起，面向云天。缘于此，看似纤弱无骨的它们，却透溢出百折不挠的强大生命力。"离离原上草，一岁一枯荣，野火烧不尽，春风吹又生。"这是对它们状态的生动描摹，也是对它们精神的由衷礼赞。

奋力向上、蓬勃生长的，当然远不止于草木之间。

有一位老友，长期遭受腿疾困扰，步履维艰，苦不堪言。年前有缘觅得良医，帮他一举解脱厄难。朋友圈里看到，一开春，他便老夫聊发少年狂，扔掉拐杖，风风火火奔赴云南旅游。画面上，老友戴着墨镜和棒球帽，正在湖光水岸间放飞无人机。镜头景深处，蓝天白云和一群翩翩起舞的红嘴鸥，成为他重拾生命欢乐的明媚背景。

某一天下楼，电梯间碰到邻家一位年轻人，拖着一口行李箱。随口聊几句，得知小伙子这是要去赶乘高铁，他今年夏天就大学毕业了，此行是去外地某互联网大公司实习，为就业做最后的冲刺。小伙子言语简洁明快，容光焕发，一副对未来生活充满信心的样子。

日前沐浴着杨柳岸微风在旌湖边闲步时，抬眼倏然看见，湖对岸一幢因遭遇诸般困难停工多时的半拉子高楼又"动"了起来，几台塔吊扬着长长的机械臂正在有条不紊地作业。"烂尾楼"的隐患在风和日丽中得以消解，可以期待，新楼将会在这个春天里不断增高，最终定格为旌湖泽畔一座亮丽新地标。

春天，万物生长，向上，向上！

东坡的偶像

龙建雄

林语堂曾说，苏东坡是不可无一、难能有二的人间绝版。苏东坡是很多中国人的偶像，也曾入选国外媒体评出的 1001 年至 2000 年的 12 位"千年英雄"。拜读多本苏轼作品及写苏轼的著作，一个栩栩如生的苏东坡逐渐在我心深处永生。

我们视苏东坡为偶像，但他的偶像又是谁呢？我想至少可以列出如下大名：庄子、范滂、陶渊明、韩愈、白居易、欧阳修、范仲淹。在这一众如雷贯耳的大咖中，每个人都有闪耀的一面影响着苏东坡。就文学造诣而言，苏东坡最崇拜的两个人，一个是陶渊明，另一个是白居易。纵观苏东坡的一生，他有着"采菊东篱下，悠然见南山"的田园美学，有着"晚来天欲雪，能饮一杯无"的闲适生活，可谓"左手陶渊明、右手白居易"，把自己的坎坷苦难变成了别人羡慕不来的诗和远方。

白居易曾因写诗遭诬陷，被降职为江州司马，又迁为忠州刺史，这一点与苏轼的人生际遇十分相似。忠州城东有一处山坡，白居易于公事之余，常到坡上植树种花，他将其命名为"东坡"，写过《东坡种花》《东坡种树》等诗篇。东坡是白居易的精神家园，后来也成为苏轼向苏东坡精彩蝶变的精神园地。苏轼经朋友帮助，在黄州城东谋得一块荒地自耕，有了后来的"东坡居士"雅称。诚然，是苏轼让"东坡"二字响彻世界。

白居易晚年归隐洛阳，在《初出城留别》中写道："我生本无乡，心安是归处。"苏东坡的老友王定国从广西被贬归来，苏东坡问其侍姜宇文柔奴（寓娘）那儿苦不苦，得到回答之后感慨："试问岭南应不好，却道：此心安处是吾乡。"很显然，苏东坡和白居易"心安是吾乡"的生活态度高度相似。这也不仅是关于故乡、关于乡愁的讨论，而是告示万众，心才是每个人真正的主宰，人生不可随波逐流，但可以随遇而安。

　　与此类似，"休言万事转头空，未转头时皆梦"这句词出自苏轼的《西江月·平山堂》，乃是他路过扬州又来平山堂，思念恩师欧阳修的感慨之言。这一句应是借鉴了白居易的"百年随手过，万事转头空"，二者感慨一切将归于虚无的意境十分相似。

　　有趣的是，白居易也将陶渊明视为偶像。对于陶渊明，苏东坡和白居易的"迷弟"之举实在是太多，他们对偶像的学习除了在文学方面，还有在人格上的自觉效仿。白居易以"异世陶元亮"自居，说"每读五柳传，目想心拳拳""慕君遗荣利，老死此丘园"。但白居易对陶渊明的归隐方式有自己的认识，他认为，也可以在繁华都市中保持心灵的宁静和独立，尽量避免外界的喧嚣和纷扰，享受精神上的自由和闲适。

　　苏东坡对陶渊明的崇拜要更猛烈一些，他曾自话"我即渊明，渊明即我""只渊明，是前生"。苏东坡曾得到一本《陶渊明集》，非常珍惜，生怕读完了之后没得读——"字大纸厚，甚可喜也。每体中不佳，辄取读，不过一篇，唯恐尽，后无以自遣耳。"他先后和过陶诗百余首，差不多是2700多首苏诗的二十分之一。陶渊明"悠然见南山"这一千古名句，原来还有"悠然望南山"版本，苏东坡读后写下笔记，指出"因采菊而见山，境与意会，此句最有妙处"。这句评语流传下来，"望南山"版本遂绝于世。我们有理由相信，苏东坡在学习和仿效偶像的过程中，逐渐挖掘出陶渊明及其诗歌更大的文化价值，让陶渊明的形象更加丰富和立体。

苏东坡与陶渊明性情和境遇相似。苏东坡曾在贬谪岭南时写信给弟弟苏辙，详细阐述了他对陶渊明的看法。他认为，陶渊明的诗看起来朴实，其实很华丽，看起来清瘦，其实很丰满；陶渊明的为人围绕一个"穷"字，突出"性刚才拙，与物多忤"。其意是说，性刚才拙的人不会逢机取巧，与社会上的人和事多有不合，这既是评价陶渊明，也是在指明他自己的问题。在隐逸这件事上，陶渊明主动而为，苏东坡虽有意学之，无奈几次决意定居被贬之地都未能如愿，但最终结果有相似之处。

受苏东坡的影响，苏门学子中许多人是陶渊明的崇拜者。"苏门四学士"中，黄庭坚对陶诗爱不释手，他很认同自己老师和陶渊明乃隔世知音，在《跋子瞻和陶诗》中说："子瞻谪岭南，时宰欲杀之。饱吃惠州饭，细和渊明诗。彭泽千载人，东坡百世士。出处虽不同，风味乃相似。"张耒虽然评论陶渊明不多，但诗歌风格更接近于陶渊明；秦观被誉为"婉约词宗"，他的词作继承了陶渊明对自然美景的描绘和对理想生活的追求，常常加入生活感悟、社会现实等元素，形成了独特的文学风格；晁补之最推崇陶渊明，晚年归隐齐州，自号"归来子"，隐居地为

"归来园"，园中所有景致都从陶渊明《归去来兮辞》中选词取名。晁补之的崇拜甚至影响到他的弟子，李清照便是例证（其父李格非是"苏门后四学士"之一），她仰慕老师为人，从陶渊明《归去来兮辞》"审容膝之易安"一句中选取"易安"作为自己的号。

这些年，我陆陆续续写了一些跟苏东坡有关的文字，特别是在多次阅读相关作品之后，思悟颇多、收获颇丰，仿佛也与他成为隔世"忘年交"。不过，有时引用偶像的诗句、斗胆解读他的心路，多少有些心虚，一来我不是"苏学"专家，二来怕被扣上"沽名钓誉"或"跟风"的帽子。如今，我已慢慢释怀，传承是一件好事，优秀的文化瑰宝就应该有人阅读、有人梳理、有人升华、有人宣扬，这不是所谓的"跟风"，而是一代代人的接力赓续。或许，我才刚刚起步去试着接近他，但这一定是走进东坡精神世界的必经之路。

⑩
难忘的延安岁月

孟　于 口述　高　昌 整理

记得那是 1938 年的秋天。我们在成都的一次读书会，秘密邀请到一位从延安回来的男同学。他给我们讲延安的情况，讲在延安学习的革命理论，还有革命的实践，让我们非常向往——原来还有一个这么好的地方。

正好这时山西民族革命大学在成都设了招生点，其校址在陕西宜川，从地图上看，离延安很近。于是，我不顾父亲反对，偷偷地去投考了山西民大。等到了西安，遇到山西民族革命大学前锋剧团的团长，他问我们一行，你们中间有没有会唱歌跳舞的？大伙把我和其他两位同学推选出来，我们就被招进了山西民大的前锋剧团。

又过了不久，我和其他三位青年带了大饼、咸菜、火柴、指南针，沿着民大后山的一条小路奔赴延安。当时，我们问老乡:"山上有没有特务?有没有警察?"他说:"没有,因为山上有狼,他们不敢来。"参加革命死都不怕,还怕狼吗?我们一大早就出发了。

在路上还碰到几拨从山西等地来的人,大家唱着歌一起前进。走啊,走啊,终于听到一个同志喊:"看,前面是宝塔山了!"终于来到了延安,大家心里那个高兴啊。

那是1939年初冬,我17岁。

真诚真挚的同志关系

到了延安的第二天,我们就去选学校。一个同志想上前方去,就选了抗日军政大学;一个同志想去研究马列主义的理论,就上了陕北公学;我没上过大学,所以先选了中国女子大学。

在中国女子大学,第一个跟我谈话的是教务主任张琴秋同志。她问了我什么时候到延安来的、怎么来的,有些什么想法,以前做过些什么工作等。谈完话,我就被分配到六班。

当时,属于高中程度的学生被分到六班,初中程度的分到七班,大学程度的则分到高级班。另外,女大还有母亲班(多是长征过来的妇女干部,她们都带着小孩)、陕干班(培养陕北妇女干部的,全部是陕北人)等,记得好像一共有 7 个班。

我们上的课程有社会发展史、哲学概论，也有卫生常识，如怎么救护伤病员、怎么包扎伤口、怎么注意消毒以及其他在前方能用到的一些技术等。每天上午上课，下午对笔记，晚上讨论，讨论中解决不了的问题，再请班主任、指导员来讲对这些问题的看法。学理论当然要弄通弄懂，然后才可以用来指导行动嘛。

我们参加演出和观看演出也比较多，记得还曾到党校礼堂去看鲁艺演出的话剧《日出》，李丽莲演陈白露，张成中演陈白露的爱人……他们演得很好。我们看完演出后，赶上下雪，延河已经结冰，上面铺了厚厚的积雪。大家又说又唱，踏着雪从延河的冰层上走过去。那时我们为了取水，经常会用铁棍子在延河的冰层上凿一些洞，如今这些冰洞上铺了雪，就不容易被发现了。快走到我们女大的时候，大家还在互相提醒着，说注意别掉到冰洞里，结果没想到，我一不留神就掉了下去。

当时，我的身体一下子卡在冰洞的洞沿上，能感觉到脚底下的水流得很快。同行的两个女同学大喊："快来呀，孟于掉河里啦！"旁边两个男同学急忙赶来，他们四个人把我从冰洞里拖了上来。我的棉裤湿透了，鞋也湿透了。幸好那时候发的鞋比较大，我因为脚小，就用绳子把鞋捆在脚上，所以鞋子没有被水冲走。

回到班里，同学们赶紧吹火盆，帮我烤棉裤、烤鞋子。当时一个班只有一个火盆，每天只发两斤木炭。那些同学都比我年龄大，待我特别亲。我说，大姐姐，你们不要太累了，只要前面稍微干点我就能穿。她们说，不行，一定给你烤好。然后还有人给我送来一杯红糖开水，我感动得泪水哗哗直流。在以前的学校里，我没有体会过这样亲切的感觉，到了解放区、到了延安，这种同志情、革命情、朋友情，让我印象特别深刻。我们相互之间，就是这样一种互助友爱、真诚真挚的同志关系。

我们每次考试之前，班主任都会反复强调要加强复习，还说："我不希望班上有的人考一百分，有的人却不及格，希望同学们互相帮助，都能考出好的成绩来。"当时我乍一听还有点儿疑惑，老师这样讲话妥当吗？考一百分怎么不好了？但是仔细一想就明白了，班主任这是在要求大家共同进步、共同提高，不能让任何一个同学掉队。女大的这种校风也令我很感动。同学们在学习时确实是互相帮助，所以后来大家考得都挺好。

参加《黄河大合唱》的演示

1940 年 2 月 16 日，一个西北摄影队从蒋管区来到延安。我们想把延安最好的文艺节目展现给他们看，于是组织了一台综合晚会、一台话剧《日出》，还有一台京剧演出。我参加了综合晚会上的 500 人合唱《黄河大合唱》。

拿到《黄河大合唱》的谱子后，先是由作曲家冼星海的学生时乐蒙、刘炽、陈紫来教我们练唱，所有的歌词和旋律都要背下来。大家每天晚上都不出去散步了，全在那里练习唱歌，白天课间一有空闲也赶快练习。后来，星海同志还亲自给我们合排了三次，地点就在女大校门口的广场上。女大门口有一块房子那么大的石头，星海同志就站在石头跟前的两张桌子上指挥我们合排。记得在唱《黄水谣》中"自从鬼子来，百姓遭了殃！奸淫烧杀，一片凄凉"的时候，一个女同学是面带微笑唱的，表情很高兴。星海同志就问她："小同志，你唱这四句歌词时为什么笑着唱啊？"那位女同学说不出话来，满脸通红。星海同志耐心地讲解到，这四句是《黄水谣》里的主要唱段，讲的是日本鬼子破坏了我们的幸福生活，"奸淫烧杀"这四个字就是他们的罪行，要带着愤怒的感情来唱，不能微笑着唱。鬼子烧杀抢掠之后"一片凄凉"，是很凄惨的，这时候就要换用轻声来表演。我当时在旁边心想，星海同志讲得太好了，以前我唱歌就没有注意到这些。正像星海同志讲的这样，要表现一个歌曲，它的内容不是空的，不是说张嘴唱就行，而应该注意表现出其中的思想和感情。

排练中，唱到《保卫黄河》的"风在吼、马在叫、黄河在咆哮"时，星海同志要求大家进行四部轮唱，从很轻声的"风在吼，马在叫"，然后猛然一下轮唱起来，那场面非常雄壮，非常鼓舞人心，我当时唱得心都感觉快跳出来了。唱到最后的《怒吼吧黄河》这段，星海同志指挥得极其富有激情，特别是后面唱到"向着全世界劳动的人民，发出战斗的警号"那部分时，他要求我们把"发出战斗的警号"连续重复五遍，一遍又一遍"发出战斗的警号"……大家唱得那个激动呀，哗哗的掌声随后就起来了。

唱完之后，半天我都说不出话来。这个时候我感觉，以前也唱过很多歌，演过很多街头剧、小歌剧，但从来没有像唱《黄河大合唱》这样激动、这样震撼。我真切感受到了音乐的伟大力量。

星海同志是中国女子大学的音乐老师，每个月来上两次课。有一次课后，班里几个同学围在星海同志身边。大家跟星海同志讲，小孟于嗓子可好了！接着还鼓励我唱歌，说"小妹子来一个、小妹子来一个"。星海同志拿起他的小提琴给我伴奏，我就按照他之前讲解的那样，带着感情唱了《黄水谣》。唱完了，星海同志说："唱得很好。你的嗓音条件这么好，应该到鲁艺去学声乐。"我说："我高中都没毕业。"他说："没有问题，我就是鲁艺音乐系的系主任啊，我觉得你应该去考鲁艺，我推荐你去考。"这时，周围的同学们都给我鼓掌。

希望你一辈子都为人民歌唱

1940 年初夏的一个星期天，我得到女大校领导的批准，带着介绍信去鲁艺参加考试。先考声乐，当时是唐荣枚、杜矢甲、郑律成、潘奇、李丽莲这五位老师考我。我唱的第一首歌是《黄水谣》，第二首唱的是《松花江上》。之后，几位老师让我再唱一个其他风格的歌曲，我就唱了电影《天涯歌女》里头的"天涯呀海角"那个歌。唱完以后，还考了视唱、练耳等。中午在鲁艺那儿吃了饭，下午还要接受音乐系系主任的谈话——其实也算是面试吧。这时星海同志已经到别的地方去了，吕骥同志从前方回来接任系主任，所以当时是他和我谈的话。

吕骥同志住在东山坡上，下午两点钟我就去找他。我曾经唱过吕骥同志谱曲的很多歌，如《抗日军政大学校歌》的"黄河之滨，集合着一群中华民族优秀的子孙"等，都写得非常雄壮、非常动人。我敲门进入他的窑洞后，看到一位个子不太高的人，误以为是吕骥同志的警卫员，就说："我找吕骥同志。"他说："我就是吕骥呀。"我一下子愣住了，很难为情地在那儿站着。吕骥同志说："你坐、你坐。"接着又问我为什么学音乐、什么时候接触音乐的，我就讲了自己在小学表演过小歌舞、抗日战争后演唱过救亡歌曲等情况。他又问我演过街头剧吗，我说，演过《放下你的鞭子》，也唱过《难民曲》等。随后，我就给他唱了《放下你的鞭子》里的"高粱叶子青又青，九月十八来了日本兵"，他问我："你知道这是谁作曲的吗？"我说不知道。他说："这歌是我写的。"接着哈哈大笑。吕骥同志的声音是那么洪亮、那么亲切，给我印象很深。谈话之后，他告诉我回去等通知。当年6月的时候，我就收到了鲁艺的录取通知书。

我走的时候，女大几个要好的同志一直把我送到清凉山下。她们说："孟于，我们希望你一辈子都为人民歌唱。"我说："我一定记住这话，我一定会做到的。"

打下了坚实的艺术基础

我背着行李、提着脸盆，就上了鲁艺。鲁艺当时还叫鲁迅艺术学院，还没有"文学"两个字。我被分配在第四期音乐系，学制3年。那时鲁艺有音乐系、美术系、文学系、戏曲系这4个系。我们音乐系共有43个同学，我的主课声乐老师是唐荣枚同志。

刚开始还没有分科，第一年学普通的乐理，从"咪咪吗、啊啊啊"的练习曲开始，所有音乐课程都要学习。到了第二年就开始分科，分为声乐组、作曲组、器乐组3个组，学习的内容更加专业了。当年学校开设的课程很丰富，声乐课有视唱练耳、普通乐理、指挥、和声学、自由作曲法、音乐欣赏、合唱等，还有周扬同志讲的文艺运动史、吕骥同志讲的新音乐运动史等。茅盾先生到延安以后，也给我们讲过中国市民文学概论，包括小说《子夜》创作的整个经过。周立波同志为我们讲文学概论，介绍了很多世界名著，包括《战争与和平》《安娜·卡列尼娜》《毁灭》《被开垦的处女地》等，他讲作家们的生长年代，也讲他们的世界观、人生观和看问题的方法，分析反映的一些重要的时代问题。我们每天大课很多，上完大课就对笔记、讨论，跟在女大的时候差不多，有不懂的地方就提问，然后大家一起讨论，气氛很活跃，每天都有新收获。

鲁艺校区有一个教堂，那时我最高兴的事情就是去教堂里练声。我们声乐组每天都会排班到教堂练声，每天最少两个小时，几点是你、几点是他，我老是排到最后一个。那个教堂里声音效果好，非常拢音，声音的震动和共鸣特别好听、特别"结实"。就这样每天练、每天练，我感觉自己的高音慢慢就唱上去了。

1941 年 6 月，我与贺敬之等 4 名同志在鲁艺一起入党，成为光荣的共产党员。这一年，周恩来同志从重庆给我们运来很多乐谱和唱片，所以鲁艺音乐系的欣赏课内容是很丰富的，我们欣赏了很多西洋音乐，听了很多唱片，比如贝多芬的第一、第二、第三交响乐等。在鲁艺的学习，为我们打下了坚实的艺术基础。

除了学习，我们在鲁艺也参加一些演出。1941 年 4月曾经搞过一个音乐会，合唱部分是我们在课堂上唱的合唱歌曲，如《国际歌》《聂耳挽歌》《大路歌》《黄河大合唱》，还有庆祝中国共产党成立 20 周年的纪念歌、《满洲囚徒进行曲》等。记得当时为给郭沫若先生庆贺五十诞辰，吕骥同志给长诗《凤凰涅槃》谱上了曲子，我们也在任虹同志的指挥下，参加了《凤凰涅槃》的合唱。音乐会上还有一组男同志的民歌联唱，包括安波、张鲁、关鹤童、刘炽、马可等作曲的《七月里在边区》《七月里纪念碑》《开会来》《割莜麦》《自卫军》《在边区》等，民歌风格非常突出。然后有男声合唱《伐木歌》，这是郑律成同志写的谱子。另外，还唱了徐志摩作词、赵元任作曲的《海韵》，韦瀚章作词、黄自作曲的《山在虚无缥缈间》等。我们老师参加了音乐会的独唱，如杜矢甲同志唱了《蒙古马》《伏尔加船夫曲》，唐荣枚同志唱了向隅同志作曲的《牵牛花》等。大提琴独奏《匈牙利狂想曲》是张贞黻先生演奏的，给他进行钢琴伴奏的是寄明同志……这台音乐晚会节目丰富多彩，而且具有较高的艺术水平。作为音乐系的学生，我当时很喜欢这台晚会。

从“小鲁艺”到“大鲁艺”

1942 年 5 月，我们学校有 40 多位领导和老师参加了著名的延安文艺座谈会。毛泽东同志发表《在延安文艺座谈会上的讲话》以后，领导和老师们回来马上给我们传达了会议的一些情况。后来，1942年5月30日，毛泽东同志又到我们鲁艺来讲了一次话。

那天，贺敬之同志和另一位同志正好到桥儿沟的大街上去，他们出了校门后，看见一个警卫员正站在一棵树前面，把一匹白马系在树上。再仔细一看，发现旁边还有一个魁伟的身影，哎呀，是毛主席！他们高兴地转身就往回跑，一边跑一边叫"毛主席来了！毛主席来了！"一直跑到东山坡上去了。然后，周扬同志等人都从山上迎了下来，各个系的同学也都跑了出来。

这个时候，学校"铛铛铛"打钟紧急集合，大家便拿着小板凳，到教堂旁边的大操场上去排队。这个操场是我们打球、排练的地方，也是上课的地方。大家排好队，坐得很整齐，等待毛主席来给我们讲话。

看到周扬同志陪着毛主席走了过来，大家的心情都非常激动。记得毛主席穿的是一身带补丁的衣服。我现在也还记得毛主席讲的、也是我一生都在执行的几个原则：文艺工作要为千千万万的劳动人民服务，在解放区就是为工农兵服务。你们不仅在"小鲁艺"学习，还应该走向"大鲁艺"，到人民群众当中去学习，去了解人民的生活、人民的思想、人民的感情，要了解他们的情况，你们的艺术才有生命，你们才会成为有出息的文艺家。所以要改变自己的思想感情，要深入群众、了解群众生活，然后通过文艺家创造出来好作品。

毛主席当时还提出，文艺创作要来源于生活，是人民的生活、广大人民的生活、各个阶层人民的生活，但是要高于生活。我记得毛主席还说，你们要重视深入生活，要重视民间的"豆芽菜"——就是萌芽状态的文艺，包括民歌、群众的黑板报、群众的顺口溜等，你们都要去收集、采集，运用到你们的作品里头。毛主席讲了三四个小时，我们听了，觉得非常有收获。

毛主席讲话以后，各个班进行了讨论，然后再对照我们这几年来的一些问题，鲁艺就开始改变作风了，如开始向民间学习，学扭秧歌、打腰鼓，学陕北民歌，学眉户、秦腔等，学校还专门开了相关课程。

我当时也有一点思想问题，就是我们请的秦腔老师教的是黑头的演唱，每次唱得脸红脖子粗，声音都有点儿沙哑，我就不太敢唱，觉得这样会把嗓子唱坏，之后还怎么再去唱啊？我把这个情况跟唐荣枚同志讲了，唐荣枚同志说："你可以学学它的旋律嘛！你看老百姓那么喜欢秦腔、那么爱听，就从语言入手、从情感上入手吧。"后来，学校又给我们请来一个"青衣"老师，教我们唱"徐翠莲好羞惭"等，大家听了觉得好听，都很认真地去学习。这就为 1943 年开展的新秧歌运动打下了基础。

后来，我们鲁艺在新秧歌运动里创作了《夫妻识字》《兄妹开荒》《牛永贵负伤》等，在春节演出时非常受欢迎。老百姓都说，这些秧歌扭得好。这些秧歌里是有内容的，起到了很好的宣传作用。

我和《白毛女》

1944 年，由周巍峙同志带队的西北战地服务团从前方回到鲁艺。好几十位同志一起回来，男同志都打着裹腿、穿着灰色制服，很精神，女同志也统一穿着军服，那么整齐、那么气势昂扬地回到了延安。我们听他们讲了前方的一些情况，包括他们的工作、生活等，都很感动，觉得我们自己也应该走出鲁艺了，应该到生活里去、到前方去。

这个时候，有人介绍了河北平山发生的一个白毛仙姑的故事，大概就是地主逼死了贫民杨白劳、抢走了喜儿，喜儿后来逃到深山里，八路军进村时救了她，使她翻身做了主人。周扬同志听了这个故事后说，这是一个很好的题材，"旧社会把人逼成鬼，新社会把鬼变成人"，所以决定创作成民族歌剧《白毛女》，作为鲁艺的一个重点节目为党的七大献礼。

　　剧本刚开始是西战团的邵子南同志创作的，他写出一幕就贴在我们食堂的墙上，征求大家的意见。大家围着一看，感觉他的语言太旧，比如，他用了秦腔等戏曲中的一些词，什么"喜儿的脸红丹丹"等，于是就在那上面给他写一些意见。后来，邵子南同志提出要退出《白毛女》的创作，便由周扬同志领导，重新组织了一个创作组。这个创作组由戏剧系主任张庚同志负责，我记得当时还有王滨同志、王大化同志、舒强同志等，创作剧本的是贺敬之同志。再后来，贺敬之同志生病后，又增加了丁毅同志，他们一起来创作这个剧本。作曲的有马可、张鲁、李焕之，还有向隅、瞿维等同志。在延安时候的创作情况好像就是这样的，以后还增加了其他同志。

　　当时，《白毛女》在院子里彩排第一幕戏，大家都搬个小板凳坐那儿看。我作为音乐系的学生也去观看，跟着流了不少眼泪。从《北风吹》到《哭爹》，再到把喜儿抢走，第一幕是非常感人的，观众看了没有不伤心、不流泪的。那时候《白毛女》是一幕一幕接着排，我们是一幕一幕接着看，观众评价都很好。第一个演白毛女的演员是林白同志，她是鲁艺戏剧系的。第二位是王昆同志，王昆同志嗓音很好，清脆、明亮，很有民族风格，她演得也很不错。

　　《白毛女》的确是一个很好的剧目，在延安很轰动，一共演了几十场，各个机关、各个团体看了之后都在讨论。

1945年8月15日，日本投降，当时学校派我到商人小学去教音乐课，我在那儿上完课出来一看，街上已经全是人了，店铺里的人、山上住的各个单位的人，都出来了。这场景我一辈子都不会忘记。到了晚上，到处都是拿着火把游行的人。大家在山上找一些棍子，蘸一点吃饭的油，点燃了就去游行。山头上一层层都是举着火把往下走的人，下到延安的大街上来欢呼和游行，那场面实在是太感人了！大家唱着歌，喊着"我们胜利了""我们要回家了"等各种口号，非常激动。当游行队伍走到南门外的时候，那些卖瓜子花生、卖西瓜的小商贩就把西瓜切开，连同零食一起送给游行的人们吃……那是我一生都铭记的一天。

这以后，在延安，无论在哪里遇见同志，都会提一句话，就是问"你要到哪里去"，有人说"我要到河南去"，有人说"我要到山西去"，还有人说"机关组织什么团要到哪里去"等。周扬同志在鲁艺也宣布：我们要到新解放区去工作。随后，鲁艺成立了两个团，一个是东北文艺工作团，一个是华北文艺工作团。我参加了华北文艺工作团，团长是诗人艾青同志。

1945 年 9 月 20 日，我随华北文艺工作团从延安出发。记得在临出发前，我们在鲁艺的大教堂前照了一张合影，记录下告别鲁艺、走向新的生活、到新的解放区去开展工作的历史时刻。我们每天行军 60 里至 80 里路，经过 50 多天的长途跋涉，在 11 月 8 日晚抵达华北解放区当时最大的城市张家口。随后，我们按上级部署并入华北联合大学，改称华北联大文工团。这一年年底，文工团和抗敌剧社联合排演歌剧《白毛女》，我接到上级通知，扮演喜儿这一角色，在张家口人民剧场参加公演，从此成为喜儿的第三位扮演者。

⑪

故宫的秋

苏嘉靖

烹盏三清茶，杯是三秋杯；挂画《五清图》，点的是西斋雅意香；一袭荣耀秋菊衣，斟的是宫廷玉泉酒。如是我闻，入了秋的故宫，让人想起印象里的紫禁城。

莫说断虹桥的石狮子、宁寿宫的紫薇花，也莫说朱红墙上银杏黄、南三所的青绿瓦，九月的紫禁城，是怎样一种浓烈与淡雅相杂，才酿成一派秋色无边正当下。在这里，秋风吹过六百年，景致错落许多种，关于秋的往事，也在件件文物的年轮里讲述着不一样的风华。

时维九月，序属三秋。紫禁城的秋，就从三秋杯说起。《诗经·王风·采葛》谓："一日不见，如三秋兮。"秋历三月，孟、仲、季秋，此杯绘兰草、百合、野菊3种花卉，恰为三秋之景，故称"三秋杯"。斟酌间，山石花卉，蝴蝶流连，秋意正浓，让人浮想联翩。三秋杯是明成化斗彩瓷器，收藏界有"清看雍正、明看成化"的说法，意思是雍正的审美属清代最精，成化瓷器则代表了明代最高水平。而提起斗彩，世人只闻鸡缸杯，却不知成化斗彩三秋杯更显物以稀为贵。

传说明宪宗朱见深为讨宠妃万氏欢心，特命工匠烧制三秋杯。制成后的三秋杯造型轻灵，胎体晶莹薄透，仿佛吹弹可破，釉下青花青中泛灰、发色淡雅，釉上彩绘红黄姹紫、明艳动人，釉下轮廓与釉上填彩形成一幅争奇斗艳的三秋美景，万氏见后芳心大悦，爱不释手。此杯最特别的是蝴蝶翅膀上的紫色彩料，其发色与寻常釉上彩明显不同，叫作"姹紫彩"，也称"差紫彩"，色泽浓烈如赤铁、干涩粗糙无光泽，有"差紫浓厚却无光"的说法，为成化斗彩所独有。"姹紫嫣红不耐霜，繁华一霎过韶光。""姹紫彩"因成色不易、仿制困难而令后世望而却步，因而成为现今鉴定成化斗彩的一个重要标准。

除了三秋杯，紫禁城里杯盏上的秋天还有许多。如乾隆款绿地粉彩开光菊石纹茶壶、乾隆款粉地粉彩开光菊花纹茶壶，此二壶腹部均两面开光，内画粉彩写生菊花、山石，可谓秋意满满。寒霜降落、百花凋零之际，唯有菊花傲霜怒放，"不是花中偏爱菊，此花开尽更无花"。菊花以其傲骨风姿得到乾隆皇帝偏爱，各式各样的菊花纹饰也成为乾隆时期瓷器上的常客。

明清时期的紫禁城，四时节令除了拿在手上，还被穿在身上。新春来临穿"大吉葫芦"，元宵佳节着"五谷丰登"，清明时穿"秋千"，端午时着"艾虎镇五毒"，而到了秋季，玉兔、桂花、菊花等服饰图案便成了紫禁城中一道亮丽的风景。如果说三秋杯的景是捧在手心细细端详的秋，那么帝后妃嫔穿在身上的衣就是行走的秋光无限。

故宫博物院的藏品中有一件清代皇帝吉服，深蓝色为地，以金银线交互换色绣出金银相间的五爪龙及缠枝菊纹，通身流光溢彩、金光灿灿，色调过渡平稳，菊花与龙纹融为一体、相得益彰，既有秋高气爽之韵，又显龙行天下之威，把帝王尊贵与清秋高冷表现得淋漓尽致。

菊不仅代表高洁，也寓意长寿。清代后妃常服上多绣有龙爪菊、虎头菊、贯珠菊、发丝菊、松针菊、万寿菊、牡丹菊、大丽菊等9种菊花，以此"九菊"谐音"久居"，间饰平金团寿，合为"久居长寿"。

秋天来了，不仅人要换装，就连紫禁城中的狗，也要换上一身时令新衣。宫廷女子一般没有衣食之忧，闲来无事，少不了各种打发时光的娱乐，养狗就是很多妃嫔的一大爱好，慈禧太后以及后来的端康皇贵妃，也就是珍妃的姐姐瑾妃均酷爱养狗。宫中每年要为这些狗制作大量狗衣，每当季节变换，都会随之更新纹饰、花色。

故宫博物院藏有一件清代绿色缎海棠菊花纹狗衣，做工精致、用料考究，通身为绿色织锦缎，用紫、红、蓝、粉等色丝线和金线织成菊花与秋海棠，整体和谐美观、素雅清新。可以想象，秋天的紫禁城里，一只穿着绿色菊花兜衣的小狗，穿过螽斯门，欢快地跑向那个身着菊花衣、头插菊花簪，迎着夕阳余晖向它招手的女主人……

故宫里的风景，从不止于风景。一代代"国家队"的审美和高超技艺，刻录下这桩桩件件关于秋的往事和心情。

故宫的秋，在眼里，在心里，在件件文物里。

12

扑满：古代"存钱罐"里的廉洁密码

周　隼

扑满是中国古代用于储存钱币的一种罐状容器，其名称源自"满则扑之"的特性——容器仅有一个投币入口，无取出通道，储满后要击碎罐体方能取钱。这种设计体现了古人提倡储蓄的理念，暗含"聚财需节制"的警示。扑满形制多样，早期多为灰陶制品，顶部设长条形投币孔，部分腹部开小孔，用于穿绳悬挂或观察储钱量。随着历史的演变，扑满的材质也趋向多样，有陶质、瓷质、竹质等。

扑满最早可追溯至产生于战国晚期至秦代的"缿"。湖北云梦睡虎地秦墓出土竹简《秦律十八种·关市律》中记载："为作务及官府市，受钱必辄入其钱缿中，令市者见其入，不从令者赀一甲。"根据该条律记载，当时的商贩在买卖交易中，所收钱币必须投入"钱缿"里，以便官吏统计收入，按比例纳税。此时的"缿"不仅具有暂存钱币的功能，还有着记数的"衡器"性质，可称为盛钱器或衡钱器，已初步具备储钱器物的形态，因此被视为扑满的雏形。

扑满在民间作为储钱罐广泛使用大概是从汉代开始的，据《西京杂记》记载，扑满"以土为器，以蓄钱，具有入窍而无出窍"。以后的两千多年中，历代均有形制、材质各异的扑满。各地的称谓也有所不同，北方称"闷葫芦罐"，南方则称"哑巴罐"。

汉代扑满以泥质灰陶为主，器身素面无纹，造型简洁，便于批量生产。至唐代，经济繁荣催生了扑满的审美升级，器身开始出现刻划纹、彩绘等装饰，形制也趋于扁平化，腹径大于高度，整体更显稳重。宋元之后，随着纸币的出现，扑满逐渐减少，器形也有了很大变化。到明清时期，扑满的功能性逐渐退化，但仍然存在于大众社会生活中。其制作工艺渐渐流程化，形制也日趋定型，多呈现圆形顶、腹径宽、底座窄的特征。

扑满不仅满足人们日常储蓄需求，也被赋予哲学与伦理意义。《西京杂记》载，汉代丞相公孙弘刚入官道时，友人邹长倩送给他一个扑满，并在赠词中说："扑满者，以土为器，以蓄钱，具有入窍而无出窍，满则扑之。土，粗物也，钱，重货也。入而不出，积而不散，故扑之。土有聚敛而不能散者，将有扑满之败，而不可诫与？"意思是：扑满是陶土做的容器，有入口，没出口。当钱塞满了，就会被击碎。土是粗糙的东西，钱财是宝贵的东西。扑满只知收入而不付出，只知积蓄而不释放，所以才会被击碎。有的人只敛财，却从不散财，最后就会像扑满一样，这难道不应该引以为戒吗？公孙弘为官后恪守节俭、散财荐贤，成为西汉首位以丞相封侯者，其事迹被后世视为清廉典范。

"夫惟哲人，罔有败德。几杖攸诫，盘盂见勒。容过于镜则照穷，任重于才则道塞。多藏必害，常谨不忒。兹扑满之陶形，假埏埴以为灵。其中混沌，窍开兮沈以默。其外空蒙，忽合兮焖而青。藏锁符于神论，固垒同于道扃。谦以自守，虚而能受……"唐代名相姚崇曾以《扑满赋》为题，深入探讨了人性的贪婪问题，并倡导"谦以自守，虚而能受"的为官之道。唐人齐己在《扑满子》一诗中说："只爱满我腹，争如满害身，到头须扑破，却散与他人。"警示人们过度敛财终将招致灾祸。宋代陆游也曾作"钱能祸扑满"诗句，抒发情感、警示世人。明代《菜根谭》以扑满喻示"宁处缺，不处完"的人生智慧，强调谦逊与节制的重要性。

此外，扑满的"只进不出"特性，与古代方孔钱的流通属性形成矛盾，暗喻财富积累的辩证关系。陶土的材质象征质朴，与钱这一"重货"形成对比，提醒人们物质追求需要与德行相平衡。今世出土的扑满多为残器，底部被凿孔取钱，印证着"自古无完躯"的宿命，呼应了"满招损，谦受益"的传统哲学。

我国古代民间通过扑满培养节俭习惯，正如现代家庭常以储蓄罐教育子女，延续扑满"积小流成江海"的储蓄智慧。在移动支付盛行的今天，扑满及存钱罐的实体形态虽式微，但其倡导的储蓄精神仍具现实意义。如荀子所言"不积跬步，无以至千里"，点滴积累的理念适用于个人理财与可持续发展。而除了节俭美德的传承，扑满更可作为廉政文化的当代诠释，发挥其警示意义，在反腐倡廉中焕发生机。事实上，现代廉政教育中，扑满常被用作"俭以养德"的象征物，提醒公职人员保持清廉本色。

扑满穿越时光，从储钱器具升华为文化符号，承载着中华民族的节俭传统与廉政智慧。其"满则扑之"的特性，既反映了"物极必反"的自然规律，亦是对人性贪欲的永恒警示。在物质丰裕的当下，重思扑满的哲学内涵，或能为个体与社会提供一份"守缺"的清醒与谦逊。

⑬

梅韵丰姿　艺缘千秋

——梅兰芳与丰子恺的艺术交往

张俊苹

2025 年是丰子恺逝世 55 周年。近日，丰子恺外孙宋菲君向梅兰芳纪念馆捐赠仿丰扇面画、梅兰芳《宇宙锋》经典舞台肖像画两幅画作并携北京大学燕南京剧社在纪念馆演出之举，宛如一颗石子投入历史的湖面，激起层层涟漪，让梅兰芳与丰子恺跨越时空的艺术交往再次浮现于人们的视野。那一段段往事，承载着两位名家艺术的共鸣与心灵的契合，闪耀着独特而珍贵的光芒。

时光回溯到 20 世纪 20 年代，在上海一家剧院，一场看似平常的戏曲演出，悄然拉开了丰子恺与梅兰芳艺术缘分的序幕。那时，一位朋友手持两张戏票，邀丰子恺一同去观看梅兰芳的演出。夜晚的舞台光影绰约，咿呀婉转中，梅兰芳的身姿和唱腔传递着独特的魅力。与舞台的距离使得丰子恺难以看清梅兰芳的面容，这份模糊，却奇妙地成为丰子恺探索梅兰芳艺术世界的开端。此后，他开始着意聆听梅兰芳的青衣唱片，每一段旋律、每一声吟唱，都像一只无形的手，将他拉进京剧艺术的殿堂。据宋菲君回忆文章记述，丰子恺曾跟家人说："留声机上的平剧（即京剧）音乐，渐渐牵惹人情，使我终于不买西洋音乐片子而专买平剧唱片，尤其是梅兰芳的唱片了。"丰子恺成为梅兰芳的忠实粉丝，开启了单方面的"神交"。

抗战时期，丰子恺流亡重庆，住在简陋的小屋里，家徒四壁，墙上却张贴着一张梅兰芳的蓄须照。在那个特殊的年代，梅兰芳蓄须明志，拒绝为侵略者演出，以一位艺术家的气节彰显了民族大义。这张照片，在丰子恺眼中，比舞台上任何华丽的扮相都更加动人。他每日凝视，心中满是对梅兰芳高尚人格的敬仰，这份敬仰，也让丰子恺对梅兰芳的情感从单纯的艺术欣赏，上升到灵魂的契合。他们虽未谋面，却在精神世界里并肩而立，共同守护着心中的艺术与家国情怀。

1945 年 8 月，抗战胜利的消息传遍神州大地，梅兰芳剃掉胡须，准备在上海美琪大戏院重新登台，舞衫歌扇庆胜利。彼时还在重庆的丰子恺，心中满是期待。两年后，丰子恺回到上海，听闻梅兰芳在天蟾舞台出演《龙凤呈祥》，毫不犹豫地花三万元买了一张戏票前去观看。当梅兰芳饰演的孙夫人在舞台上亮相，那优雅的姿态、灵动的神韵，让丰子恺为之沉醉。此后，梅兰芳移师中国大戏院续演，丰子恺一连追看了五夜。他在台下，仿佛能感受到梅兰芳在舞台上的每一次呼吸、每一个眼神流转，他们之间的艺术情感纽带，也在这一次次观演中愈发坚韧。

演出结束后，丰子恺心中涌起一股强烈的冲动——拜访梅兰芳。一个阳春的下午，他怀着期待的心情，敲响了梅兰芳的家门。梅兰芳礼貌地穿戴整齐，出门迎接。丰子恺以画家独特的视角打量着梅兰芳，他惊叹于梅兰芳的身材容貌，认为其近乎西洋标准人体中的维纳斯，是东方标准人体的典范。而梅兰芳那"洪亮而带粘润"的声音，以及自然而到位的手势，更让丰子恺感受到一种别样的艺术魅力。两人交谈甚欢，从京剧艺术到生活感悟，毫无拘束。丰子恺热忱地劝梅兰芳多灌唱片，多拍有声有色的电影，希望将那美妙的声腔和舞姿长久保留下来；梅兰芳则鼓励丰子恺多创作优秀的画作。1947年丰子恺首次拜访梅兰芳后曾著文称："我平生自动访问素不相识的有名的人，以访梅兰芳为第一次。"这次会面，是两个艺术灵魂的初次近距离碰撞，迸发的火花，照亮了彼此的艺术之路。

一年后的1948年，又是一个春花烂漫的时节，丰子恺同长女丰陈宝、幼女丰一吟赶到上海来看梅兰芳主演的《洛神》。第二天，在梅兰芳的京二胡琴师倪秋萍的陪同下，他们来到梅寓"梅华诗屋"拜访梅兰芳。这次前来，丰子恺带着精心准备的礼物——一柄由他绘画书法的扇子。扇面的画取自苏曼殊的诗意"满山红叶女郎樵"，另一面书写的是其老师弘一法师在俗时赠人的《金缕曲》。这份礼物，饱含他对梅兰芳的深情与敬意。当时有人调侃丰子恺对梅兰芳的敬爱是"拜倒石榴裙下"，丰子恺则坦然回应"我其实应该拜倒"。其真诚如赤子之心，纯粹而动人。

在梅家客厅，两人的手再次紧握在一起。他们探讨着京剧的象征表现手法，梅兰芳讲述自己在莫斯科看到的投水表演与京剧《打渔杀家》中表现水波起伏的不同方式，让丰子恺对京剧的艺术魅力有了更深的理解。看着身穿西服的梅兰芳做出女儿家的柔媚动作，大家都忍俊不禁，在欢声笑语中，艺术的交流变得更加轻松自然。因为梅兰芳晚上还要出演《贩马记》，丰子恺虽不舍，也只能起身告辞。在"梅华诗屋"前的院子里，他们拍下了多张照片，这些照片，成为二人友谊与艺术交流的珍贵见证。

丰子恺与梅兰芳的两次会晤，都曾围绕电影展开讨论。丰子恺极力建议梅兰芳将京剧拍摄成电影，认为这样可以让京剧艺术得到更广泛的传播，并长久地流传下去。梅兰芳对丰子恺的建议非常重视，经过近一年的筹措，1948 年 6 月，电影《生死恨》拍摄完成，这是梅兰芳的第一部彩色电影。可以说，丰子恺是这部电影的催生者之一，他们共同为京剧艺术的传承与发展贡献了力量。

时光的车轮无情转动，1961 年 8 月 8 日，噩耗传来：梅兰芳于今晨去世。丰子恺得知消息，投箸不食，扼腕痛心。他强忍悲痛，写下挽联："尽美尽善，歌舞英才惊万国；如梅如兰，清芬高格仰千秋。"短短二十余字，饱含他对梅兰芳一生艺术成就与高尚人格的高度赞誉。在丰子恺心中，梅兰芳不仅是一位杰出的京剧大师，也是一位志同道合的挚友。

梅兰芳与丰子恺的交往，是京剧与绘画两种艺术形式的对话，是传统与现代的交融，是艺术家之间惺惺相惜的情谊。他们在艺术的道路上相互鼓励、相互影响，共同创造了一段佳话。两位大师的故事，在岁月的长河中熠熠生辉，在琴鼓悠扬的梅苑传唱，激励着后人不断探索艺术的无限可能。

策划编辑：王　丛
责任编辑：陈　冰
责任印制：冯冬青
封面设计：宝蕾元

图书在版编目（CIP）数据

文心集 / 中国文化报社编著 . -- 北京 : 中国旅游
出版社 , 2025. 7. -- ISBN 978-7-5032-7589-0

Ⅰ . I217.1

中国国家版本馆 CIP 数据核字第 2025RF5308 号

书　　　名：文心集

作　　　者：中国文化报社　编著
出版发行：中国旅游出版社
　　　　　　（北京静安东里 6 号　邮编：100028）
　　　　　　https://www.cttp.net.cn　E-mail: cttp@mct.gov.cn
　　　　　　营销中心电话：010-57377103，010-57377106
排　　　版：北京中文天地文化艺术有限公司
印　　　刷：三河市灵山芝兰印刷有限公司
版　　　次：2025 年 7 月第 1 版　2025 年 7 月第 1 次印刷
开　　　本：787 毫米 × 1092 毫米　1/16
印　　　张：18.5
字　　　数：180 千
定　　　价：78.00 元
Ｉ Ｓ Ｂ Ｎ　978-7-5032-7589-0
